W0003077

1781

ALAN LIGHTMAN

UND IMMER WIEDER DIE ZEIT

EINSTEIN'S DREAMS

ROMAN

Aus dem Englischen
von Friedrich Griese

HOFFMANN UND CAMPE

Die Originalausgabe erschien 1993 unter dem Titel
»Einstein's Dreams« bei Pantheon Books, New York

Die Deutsche Bibliothek – CIP-Einheitsaufnahme

Lightman, Alan:
Und immer wieder die Zeit : Roman – Einstein's dreams /
Alan Lightman. Aus dem Engl. von Friedrich Griese.
– 3. Aufl. – Hamburg : Hoffmann und Campe, 1994
Einheitssacht.: Einstein's dreams <dt.>
ISBN 3-455-04429-8

Schutzumschlaggestaltung: Lo Breier/Kai Eichenauer
Typographie: Helmut Müller
Gesetzt aus der Berkeley Book
Satz: Utesch Satztechnik GmbH, Hamburg
Druck und Bindung: Clausen & Bosse, Leck
Printed in Germany

ALAN LIGHTMAN

UND IMMER WIEDER DIE ZEIT

PROLOG

In einem fernen Laubengang schlägt eine Turmuhr sechsmal und verstummt. Der junge Mann sackt an seinem Schreibtisch zusammen. Er ist bei Tagesanbruch ins Amt gekommen, nach einer weiteren Umwälzung. Seine Haare sind ungekämmt, seine Hosen zu weit. In der Hand hält er zwanzig Seiten, seine neue Theorie der Zeit, die er heute an die deutsche physikalische Zeitschrift abschicken wird. Schwache Geräusche aus der Stadt treiben durch den Raum. Eine Milchflasche klirrt gegen einen Stein. An einem Geschäft in der Marktgasse wird eine Markise heruntergekurbelt. Ein Gemüsekarren schiebt sich langsam durch eine Straße. In einer nahegelegenen Wohnung unterhalten sich ein Mann und eine Frau im Flüsterton.

Im dämmrigen Licht, das durch den Raum dringt, erscheinen die Schreibtische schattenhaft und weich, wie große schlafende Tiere. Abgesehen von dem Tisch des jungen Mannes, der übersät ist mit aufgeschlagenen Büchern, ruhen auf den übrigen zwölf Eichenschreibtischen, säuberlich geordnet, noch vom Vortag stammende Dokumente. Jeder der Beamten wird, wenn er in zwei Stunden eintrifft, genau wissen, wo er anfangen muß. Doch in diesem Augenblick, in diesem Dämmerlicht, sind die Dokumente auf den Schreibtischen ebensowenig zu erkennen wie die Uhr in der Ecke und der Stuhl der Sekretärin neben der Tür. Das einzige, was man in diesem Augenblick sieht, sind die schattenhaften Formen der Tische und die gebeugte Gestalt des jungen Mannes.

Zehn Minuten nach sechs auf der unsichtbaren Uhr an der Wand. Minute für Minute nehmen neue Objekte Gestalt an. Hier taucht ein Papierkorb aus Messing auf, dort ein Kalender an der Wand. Hier ein Familienfoto, eine Schachtel Büroklammern, ein Tintenfaß, eine Feder. Dort eine Schreibmaschine, eine gefaltete Jacke auf einer Stuhllehne. Mit der Zeit treten die allgegenwärtigen Bücherregale aus dem nächtlichen Nebel hervor, der an den Wänden hängt. Auf den Regalen stehen Notizen über Patente. Ein Patent betrifft eine neue Bohrmaschine, deren Zahnräder so gebogen sind, daß eine möglichst geringe Reibung entsteht. Ein anderes sieht einen Transformator vor, der bei schwankender Stromstärke die Spannung konstant hält. Ein anderes eine Schreibmaschine mit einem langsam anschlagenden Typenhebel, der das Klappern beseitigt. Es ist ein Raum voller praktischer Ideen.

Draußen beginnen die Alpengipfel in der Sonne aufzuleuchten. Es ist Ende Juni. Auf der Aare macht ein Bootsmann sein Boot los und stößt ab, um sich von der Strömung die Aarstraße entlang zur Gerberngasse treiben zu lassen, wo er seine Sommeräpfel und Beeren entladen wird. Der Bäcker betritt seinen Laden in der Marktgasse, macht den Kohleofen an und beginnt, Mehl und Hefe zu vermengen. Auf der Nydeggbrücke umarmen sich zwei Liebende und blicken versonnen auf den Fluß hinab. An der Schifflaube steht ein Mann auf dem Balkon, den prüfenden Blick auf den rosafarbenen Himmel gerichtet. Eine Frau, die nicht schlafen kann, geht langsam die Kramgasse entlang, späht in jede der dunklen Arkaden und liest im Zwielicht die dort hängenden Plakate.

In dem langen, schmalen Amtszimmer in der Speichergasse, dem Raum voller praktischer Ideen, räkelt sich noch immer der junge Patentbeamte auf seinem Stuhl, den Kopf auf der Schreibtischplatte. In den letzten Monaten, seit Mitte April, hat er viele Träume über die

Zeit geträumt. Seine Träume haben sich auf seine Forschungen ausgewirkt. Seine Träume haben ihn mitgenommen, haben ihn dermaßen erschöpft, daß er manchmal nicht weiß, ob er wacht oder schläft. Doch mit dem Träumen ist es vorbei. Von den vielen möglichen Visionen der Zeit, erträumt in ebenso vielen Nächten, scheint ihm eine zwingend zu sein. Nicht, daß die anderen unmöglich wären. Sie könnten in anderen Welten gelten.

Der junge Mann auf seinem Stuhl richtet sich auf, denn gleich muß die Maschineschreiberin erscheinen, und leise summt er eine Passage aus Beethovens Mondscheinsonate.

14. APRIL 1905

Angenommen, die Zeit ist ein Kreis, in sich gekrümmt. Die Welt wiederholt sich, exakt, endlos.

Die meisten Leute wissen nicht, daß sie ihr Leben nochmals leben werden. Händler wissen nicht, daß sie dasselbe Geschäft wieder und wieder abschließen werden, Politiker, daß sie vom selben Pult aus im Kreislauf der Zeit endlose Male reden werden. Eltern bewahren das Andenken an das erste Lachen ihres Kindes, als würden sie es nie wieder hören. Liebende, die sich zum erstenmal lieben, legen schüchtern ihre Kleider ab, sind erstaunt über den geschmeidigen Oberschenkel, die zarte Brustwarze. Woher sollen sie wissen, daß jeder verstohlene Blick, jede Berührung sich noch und noch wiederholen wird, genau wie vorher?

In der Marktgasse ist es das gleiche. Wie können die Ladenbesitzer wissen, daß jeder handgestrickte Pullover, jedes bestickte Taschentuch, jede Praline, jeder Kompaß und jede komplizierte Uhr wieder in ihren Laden zurückkehren wird? Wenn der Abend kommt, gehen sie heim zu ihren Familien, oder sie trinken Bier im Gasthaus, begrüßen ihre Freunde in den überwölbten Gassen mit fröhlichen Rufen, liebkosen jeden Augenblick wie einen Smaragd, der ihnen vorübergehend anvertraut wurde. Wie sollen sie wissen, daß nichts vergänglich ist, daß alles erneut geschehen wird? Sie können es genausowenig wissen, wie eine

Ameise, die am Rand eines Kristalleuchters entlangkrabbelt, weiß, daß sie wieder zu ihrem Ausgangspunkt zurückkehren wird.

Im Spital an der Gerberngasse verabschiedet sich eine Frau von ihrem Mann. Er liegt im Bett und starrt sie mit leeren Augen an. In den letzten zwei Monaten hat der Krebs von seinem Kehlkopf auf die Leber, die Bauchspeicheldrüse und das Gehirn übergegriffen. Seine beiden kleinen Kinder sitzen auf einem Stuhl in der Zimmerecke und fürchten sich davor, ihren Vater anzuschauen, seine hohlen Wangen, die welke Haut eines alten Mannes. Die Frau tritt ans Bett und küßt ihren Mann zärtlich auf die Stirn, sagt flüsternd auf Wiedersehen und geht dann rasch mit den Kindern hinaus. Sie ist sich sicher, daß dies der letzte Kuß war. Wie kann sie wissen, daß die Zeit nochmals beginnen wird, daß sie nochmals geboren werden wird, daß sie nochmals aufs Gymnasium gehen wird. Daß sie ihre Gemälde in der Züricher Galerie ausstellen wird, daß sie in der kleinen Bücherei von Fribourg ihren Mann kennenlernen wird.

Daß sie an einem warmen Julitag nochmals auf dem Thuner See mit ihm segeln gehen wird, daß sie nochmals gebären wird, daß ihr Mann nochmals acht Jahre lang in der pharmazeutischen Fabrik arbeiten und eines Abends mit einem Kloß in der Kehle heimkommen wird, daß er nochmals erbrechen und schwach werden und in diesem Spital, diesem Zimmer, diesem Bett, diesem Augenblick landen wird? Wie kann sie es wissen?

In der Welt, in der die Zeit kreisförmig ist, wird jeder Händedruck, jeder Kuß, jede Geburt, jedes Wort sich exakt wiederholen. Wiederholen wird sich jeder Augenblick, in dem zwei Freunde aufhören, Freunde zu sein, jedes Mal, daß eine Familie wegen Geldmangels zerbricht, jede boshafte Bemerkung in einem Ehestreit, jede Aufstiegschance, die einem durch einen neidischen Vorgesetzten verwehrt wurde, jedes nicht eingehaltene Versprechen.

Und so, wie sich alles in Zukunft wiederholen wird, ist alles, was jetzt geschieht, zuvor bereits millionenfach geschehen. In jeder Stadt gibt es Menschen, denen in ihren Träumen vage dämmert, daß alles schon einmal dagewesen ist. Diese Menschen haben im Leben kein Glück, und sie ahnen, daß ihre Fehleinschätzungen, ihre falschen Handlungen und ihr Pech alle schon in der vorigen Zeitschleife vorgekommen sind. Mitten in der Nacht wälzen diese fluchbeladenen Bürger sich in ihren Bettlaken, finden keine Ruhe, geschlagen mit dem Wissen, daß sie an keiner Tat, keiner Geste etwas ändern können. Ihre Fehler werden sich in diesem Leben wiederholen, exakt wie im vorherigen. Es sind diese doppelt Unglücklichen, die uns den einzigen Fingerzeig liefern, daß die Zeit ein Kreis ist. Denn in jeder Stadt füllen sich spät nachts die menschenleeren Straßen und Balkone mit ihrem Stöhnen.

16. APRIL 1905

In dieser Welt ist die Zeit wie ein Wasserlauf, der gelegentlich durch ein Geröll oder einen leichten Wind seinen Weg ändert. Hin und wieder sorgt eine kosmische Störung dafür, daß ein kleiner Zeitfluß vom Hauptstrom abzweigt und sich stromaufwärts neu mit ihm vereint. Dann werden die Vögel, die Menschen und der Boden, die sich in diesem abzweigenden Nebenfluß befinden, plötzlich in die Vergangenheit gerissen.

Personen, die in der Zeit zurückbefördert wurden, sind leicht zu erkennen. Sie sind dunkel und unauffällig gekleidet, und sie gehen auf Zehenspitzen, bemüht, kein Geräusch zu machen und kein Grashälmchen zu knicken. Sie befürchten nämlich, daß eine Veränderung, die sie in der Vergangenheit hervorrufen, drastische Folgen für die Zukunft haben könnte.

Gerade jetzt hockt zum Beispiel eine solche Person im Schatten des Laubengangs vor dem Haus Kramgasse 19. Für eine Reisende aus der Zukunft ein merkwürdiger Ort, aber da ist sie. Passanten kommen vorbei, starren sie an und gehen weiter. Sie hockt in einer Ecke, kriecht dann rasch über die Straße und kauert sich in einen anderen dunklen Winkel vor dem Haus Nr. 22. Sie ist ängstlich besorgt, keinen Staub aufzuwirbeln, genau wie ein gewisser Peter Klausen, der an diesem Nachmittag des 16. April 1905 unterwegs zur Apotheke ist. Klausen ist ein wenig dandyhaft, und er hat es nicht gern, wenn seine Kleider angeschmutzt sind. Wenn sich ein Stäubchen darauf absetzt, bleibt er stehen und bürstet es sorgfältig ab, ohne Rücksicht auf getroffene Verabredungen. Wenn Klausen sich entsprechend verspätet, bekommt er die Salbe für seine Frau nicht mehr, die seit Wochen über Schmerzen im Bein klagt. Dann wird seine Frau verstimmt sein und sich möglicherweise entschließen, die Ausflugsfahrt an den Genfer See nicht zu unternehmen. Wenn sie aber am 23. Juni 1905 nicht an den Genfer See fährt, dann wird sie nicht einer gewissen Cathérine d'Épinay begegnen, die auf der Mole am Ostufer spazierengeht, und sie wird Mlle. d'Épinay nicht mit ihrem Sohn Richard bekanntmachen. Richard und Cathérine werden am 17. Dezember 1908 nicht heiraten, und ihr Sohn Friedrich wird am 8. Juli 1912 nicht geboren werden. Friedrich Klausen wird am 22. August 1938 nicht der Vater von Hans Klausen werden, und ohne Hans Klausen wird die Europäische Union von 1979 nicht zustande kommen.

Die Frau aus der Zukunft, die ohne Vorwarnung in diese Zeit und an diesen Ort versetzt wurde und jetzt versucht, sich in ihrem dunklen Winkel vor dem Haus Kramgasse 22 unsichtbar zu machen, kennt die Klausen-Geschichte und tausend andere Geschichten, die sich noch entfalten sollen, abhängig von der Geburt von Kindern, dem Gang der Menschen in den Straßen, dem Gesang der Vögel in gewissen Momenten, der genauen Position von Stühlen, dem Wind. Sie hockt im Schatten und erwidert die Blicke der Menschen nicht. Sie hockt da und wartet, daß der Strom der Zeit sie wieder in ihre eigene Zeit zurückträgt.

Wenn ein Reisender aus der Zukunft etwas sagen muß, dann spricht er nicht, er wimmert. Flüsternd stößt er gequälte Laute hervor. Er leidet Höllenqualen. Denn wenn er auch nur das Geringste verändert, kann er die Zukunft zerstören. Gleichzeitig muß er Vorgänge mitansehen, ohne an ihnen teilzuhaben, ohne in sie eingreifen zu können. Er beneidet die Menschen, die in ihrer eigenen Zeit leben, die tun können, was sie wollen, ohne an die Zukunft zu denken, ohne die Folgen ihres Handelns zu kennen. Aber er kann nicht handeln. Er ist ein Edelgas, ein Gespenst, ein Laken ohne Seele. Er hat seine Persönlichkeit eingebüßt. Er ist ein Verbannter in der Zeit.

Solche unglücklichen Menschen aus der Zukunft findet man in jedem Dorf und in jeder Stadt: Sie verbergen sich unter den Dachvorsprüngen von Häusern, in Kellern, unter Brücken, in verlassenen Gefilden. Man fragt sie nicht nach bevorstehenden Ereignissen, nach künftigen Eheschließungen und Geburten, nach finanziellen Dingen, Erfindungen und Gewinnen, die damit zu erzielen sind. Man läßt sie in Ruhe und bedauert sie.

19. APRIL 1905

Es ist ein kalter Novembermorgen, der erste Schnee ist gefallen. In der Kramgasse steht ein Mann im langen Ledermantel auf seinem Balkon im vierten Stock, unter sich den Zähringerbrunnen und die weiße Straße. Im Osten kann er die zerbrechliche Turmspitze des Münsters sehen, im Westen das geschwungene Dach des Zytgloggeturms. Doch der Mann schaut nicht nach Osten und nicht nach Westen. Er starrt hinunter auf ein kleines rotes Hütchen, das im Schnee liegt, und er überlegt. Soll er die Frau in ihrem Haus in Fribourg besuchen? Seine Hände klammern sich um das Metallgeländer, lassen es los, umklammern es wieder. Soll er sie besuchen? Soll er sie besuchen?

Er beschließt, sie nicht wiederzusehen. Sie ist berechnend und besserwisserisch, und sie könnte ihm das ganze Leben verderben. Vielleicht hat sie kein Interesse an ihm. Er beschließt also, sie nicht wiederzusehen. Statt dessen pflegt er seine Männerbekanntschaften. Die Arbeit in der pharmazeutischen Fabrik nimmt ihn derart in Anspruch, daß er nicht einmal die Assistentin des Direktors bemerkt. Abends geht er mit seinen Freunden zum Biertrinken in die Brasserie in der Kochergasse, und er lernt, ein Fondue zu machen. Drei Jahre später dann trifft er in einem Bekleidungsgeschäft in Neuchâtel eine andere Frau. Sie ist hübsch. Es dauert Monate, bis sie sich ihm sehr zögernd hingibt. Nach einem Jahr zieht sie zu ihm nach Bern. Sie führen ein beschauliches Leben, gehen an der Aare spazieren, sind gute Kameraden und werden zufrieden alt.

In der zweiten Welt kommt der Mann im langen Ledermantel zu dem Schluß, daß er die Frau in Fribourg wiedersehen muß. Er kennt sie kaum, sie könnte berechnend sein, und die Art, wie sie sich bewegt, deutet auf Flatterhaftigkeit hin, aber wie ihr Gesicht sanft wird, wenn sie lächelt, wie sie lacht, wie sie die Worte zu wählen weiß! Doch, er muß sie wiedersehen. Er besucht sie in Fribourg, sitzt mit ihr auf der Couch, und sofort fühlt er sein Herz hämmern, wird schwach, als er das Weiß ihrer Arme sieht. Sie lieben sich, laut und leidenschaftlich. Sie überredet ihn, nach Fribourg zu ziehen. Er gibt seine Stelle in Bern auf und beginnt in Fribourg auf dem Postamt zu arbeiten. Er ist von Liebe zu ihr entflammt. Täglich geht er mittags heim. Sie essen, sie lieben sich, sie streiten. Sie klagt, daß sie mit dem Geld nicht auskommt, er bittet sie um Verständnis, sie wirft Geschirr nach ihm, sie lieben sich nochmals, er geht wieder aufs Postamt. Sie droht, ihn zu verlassen, aber sie verläßt ihn nicht. Er lebt ganz für sie, und er ist glücklich mit seiner Angst.

In der dritten Welt kommt er ebenfalls zu dem Schluß, daß er sie wiedersehen muß. Er kennt sie kaum, sie könnte berechnend sein, und die Art, wie sie sich bewegt, deutet auf Flatterhaftigkeit hin, aber wie ihr Gesicht sanft wird, wenn sie lächelt, wie sie lacht, wie sie die Worte zu wählen weiß! Doch, er muß sie wiedersehen. Er besucht sie in Fribourg, sie macht ihm auf, er trinkt Tee mit ihr am Küchentisch. Sie reden über seine Stelle in der pharmazeutischen Fabrik, ihre Arbeit in der Bücherei. Nach einer Stunde sagt sie, sie müsse gehen, um einer Freundin zu helfen, sie sagt ihm auf Wiedersehen, sie schütteln sich die Hände. Er fährt die dreißig Kilometer nach Bern zurück, fühlt sich leer während der Zugfahrt, steigt zu seiner im vierten Stock gelegenen Wohnung in der

Kramgasse hinauf, geht auf den Balkon und starrt hinunter auf das kleine rote Hütchen, das im Schnee liegt.

In Wirklichkeit vollziehen sich die drei Ereignisketten alle gleichzeitig. Denn in dieser Welt hat die Zeit drei Dimensionen, wie der Raum. So wie ein Objekt sich in drei senkrecht zueinander stehenden Richtungen bewegen kann, nämlich horizontal, vertikal und in Längsrichtung, so kann ein Objekt auch an drei senkrecht zueinander stehenden Zukünften teilhaben. Jede Zukunft läuft in eine andere Richtung. Jede Zukunft ist real. An jedem Punkt, an dem eine Entscheidung fällt, ob etwa eine Frau in Fribourg besucht oder ein neuer Mantel gekauft wird, spaltet sich die Welt in drei Welten auf, die von denselben Menschen bevölkert sind, in denen diese Menschen aber unterschiedliche Lebenswege einschlagen. Schließlich entsteht eine unendliche Zahl von Welten.

Manche nehmen Entscheidungen auf die leichte Schulter und behaupten, daß irgendwann alle denkbaren Entscheidungen auch getroffen werden. Wie kann man in einer solchen Welt für sein Handeln verantwortlich sein? Andere sagen, man müsse sich jede Entscheidung gut überlegen und dann an ihr festhalten, denn sonst gebe es Chaos. Solche Menschen sind es zufrieden, in einander widersprechenden Welten zu leben, solange sie nur den Grund für jede einzelne kennen.

24. APRIL 1905

In dieser Welt gibt es zwei Zeiten. Die mechanische Zeit und die Körperzeit. Die erste ist so starr und metallisch wie ein massives Pendel, das hin- und herschwingt, hin und her, hin und her. Die zweite windet sich und zappelt wie ein Thunfisch in einer Bucht. Die erste ist unbeugsam, vorherbestimmt. Die zweite entschließt sich von Fall zu Fall.

Viele sind überzeugt, daß es die mechanische Zeit nicht gibt. Wenn sie an der riesigen Uhr in der Kramgasse vorbeikommen, sehen sie sie nicht, und sie hören auch nicht ihre Glocken, während sie in der Postgasse Pakete aufgeben oder zwischen den Blumen im Rosengarten umherschlendern. Sie tragen eine Uhr am Handgelenk, aber nur als Zierde oder aus Gefälligkeit jenen gegenüber, die sie verschenken. Bei sich zu Hause haben sie keine Uhr. Statt dessen hören sie auf ihren Herzschlag. Sie spüren die Rhythmen ihrer Stimmungen und Begierden. Solche Menschen essen, wenn sie Hunger haben, gehen zu ihrer Arbeit im Modewarengeschäft oder in der Drogerie, wenn sie wach werden, gehen zu jeder Tageszeit mit dem oder der Geliebten ins Bett. Solche Menschen lachen über die Idee der mechanischen Zeit. Sie wissen, daß die Zeit ruckweise voranschreitet. Sie wissen, daß sie sich mit schwerer Bürde vorwärtskämpft, wenn sie mit einem verletzten Kind ins Spital eilen oder den starren Blick eines Nachbarn ertragen müssen, dem sie Unrecht getan haben. Und sie wissen auch, daß die Zeit dahinhuscht, wenn sie mit Freunden bei einem guten Essen sitzen, wenn sie gelobt werden oder in den Armen ihrer heimlichen Geliebten liegen.

Und dann gibt es jene, die meinen, ihr Körper existiere nicht. Sie leben nach der mechanischen Zeit. Morgens um sieben Uhr stehen sie auf. Um zwölf nehmen sie ihr Mittagessen, um sechs ihr Abendessen ein. Zu ihren Verabredungen kommen sie pünktlich, auf die Minute genau. Für die Liebe ist die Zeit zwischen acht und zehn Uhr abends vorgesehen. Sie arbeiten vierzig Stunden pro Woche, lesen die Sonntagszeitung am Sonntag und spielen am Dienstagabend Schach. Wenn ihr Magen knurrt, blicken sie auf die Uhr, um zu sehen, ob Essenszeit ist. Wenn sie sich in einem Konzert zu verlieren beginnen, schauen sie auf die Uhr über der Bühne, um zu sehen, wann es Zeit sein wird heimzugehen. Sie wissen, daß der Körper nichts ganz Wunderbares ist, sondern eine Ansammlung von chemischen Substanzen, Gewebeteilen und Nervenimpulsen. Gedanken sind nichts anderes als elektrische Wellen im Gehirn. Sexuelle Erregung ist nichts anderes als ein Strom chemischer Substanzen zu bestimmten Nervenenden. Traurigkeit nur ein bißchen Säure, die sich im Kleinhirn festgesetzt hat. Kurz, der Körper ist eine Maschine, die denselben Gesetzen von Elektrizität und Mechanik unterliegt wie ein Elektron oder eine Uhr. Insofern muß man über den Körper in der Sprache der Physik sprechen. Und wenn der Körper spricht, dann sprechen eben nur bestimmte Hebel und Kräfte. Dem Körper muß man befehlen, nicht gehorchen.

Wer abends an der Aare entlanggeht, findet Beweise für zwei Welten in einer. Ein Bootsmann bestimmt seine Position bei Dunkelheit in der Weise, daß er die Sekunden zählt, die er im Wasser treibt. »Eins, drei Meter. Zwei, sechs Meter. Drei, neun Meter.« In klaren, bestimmten Silben durchschneidet seine Stimme das Dunkel. Unter einem Laternenpfahl auf der Nydeggbrücke stehen zwei Brüder, die einander ein Jahr lang nicht gesehen haben, und trinken und lachen. Vom Münsterturm erklingt die Glocke zehnmal. Innerhalb von Sekunden erlöschen die Lichter in den Wohnungen an der Schifflaube, in einer völlig mechanischen Reaktion, wie die Ableitungen der euklidischen Geometrie. Zwei Liebende, die am Ufer liegen, blicken träge auf, von den fernen Kirchenglocken aus einem zeitlosen Schlaf gerissen, erstaunt, daß es bereits dunkel ist.

Wo die beiden Zeiten aufeinanderstoßen, Verzweiflung. Wo sie getrennte Wege gehen, Zufriedenheit. Denn ein Rechtsanwalt, eine Krankenschwester, ein Bäcker können wundersamerweise in jeder der Zeiten eine Welt ausmachen, nicht aber in beiden Zeiten. Jede Zeit ist wahr, aber die Wahrheiten sind nicht dieselben.

26. APRIL 1905

In dieser Welt fällt sofort auf, daß etwas nicht stimmt. In den Tälern und auf den Ebenen sieht man keine Häuser. Alle wohnen in den Bergen.

Irgendwann in der Vergangenheit haben Wissenschaftler entdeckt, daß die Zeit langsamer fließt, je weiter man vom Erdmittelpunkt entfernt ist. Die Wirkung ist minimal, aber mit hochempfindlichen Instrumenten ist sie meßbar. Als das Phänomen bekannt wurde, zogen einige Leute, darum besorgt, jung zu bleiben, in die Berge. Inzwischen werden Häuser nur noch auf dem Dom, dem Matterhorn, dem Monte Rosa und an sonstigen hochgelegenen Stellen errichtet. Anderswo ist Wohnraum nicht mehr an den Mann zu bringen.

Viele begnügen sich nicht einmal damit, ihre Wohnung auf einem Berg anzusiedeln. Um die größtmögliche Wirkung zu erzielen, haben sie ihre Häuser auf Pfählen errichtet. In der ganzen Welt sind die Berggipfel mit Häusern besetzt, die aus der Ferne wie ein Schwarm fetter Vögel wirken. Vögel, die sich auf langen, dünnen Beinen niedergelassen haben. In den Häusern, die auf den längsten Pfählen stehen, wohnen die, die den größten Wert darauf legen, möglichst lange zu leben. Es gibt Häuser, deren hölzerne Pfähle bis zu achthundert Meter aufragen. Höhe ist zu einem Statussymbol geworden. Wer aus seinem Küchenfenster nach oben blicken muß, um einen Nachbarn zu sehen, glaubt, der Nachbar werde nicht so bald steife Gelenke bekommen wie er selbst, werde erst später seine Haare verlieren, erst später Falten bekommen, nicht so früh den Liebesdrang verlieren. Wer dagegen auf ein anderes Haus hinabblickt, neigt dazu, dessen Bewohner für erschöpft, schwach und kurzsichtig zu halten. Manche brüsten sich damit, daß sie ihr ganzes Leben hoch oben zugebracht haben, daß sie im höchsten Haus auf dem höchsten Berg geboren wurden und nie herabgestiegen sind. Sie wandeln zwischen Spiegeln, weiden sich am Anblick ihrer Jugendlichkeit und gehen nackt auf dem Balkon spazieren.

Gelegentlich jedoch zwingt eine dringende Angelegenheit die Leute, aus ihren Häusern herunterzukommen. Dann hasten sie die hohen Leitern herab, rennen, unten angekommen, zu einer anderen Leiter oder in ein tiefer gelegenes Tal, erledigen ihre Geschäfte und kehren danach so rasch wie möglich in ihre Häuser oder an andere hochgelegene Orte zurück. Sie wissen, daß die Zeit mit jedem Schritt nach unten ein wenig schneller verstreicht und sie selbst etwas rascher altern. Unten auf der Erde sieht man nie jemanden sitzen: Die Menschen sind mit ihren Aktentaschen oder ihren Einkaufstüten dort nur rennend anzutreffen.

In jeder Stadt gibt es eine kleine Schar von Bewohnern, die sich nicht mehr darum kümmern, ob sie ein paar Sekunden schneller altern als ihre Nachbarn. Diese verwegenen Seelen begeben sich für ganze Tage in die untere Welt, schlendern unter den Bäumen umher, die in den Tälern wachsen, schwimmen gemächlich in den Seen, die in wärmeren Regionen liegen, und wälzen sich auf dem ebenen Boden. Sie schauen kaum auf ihre Armbanduhr und können einem nicht sagen, ob es Montag oder Donnerstag ist. Wenn die anderen an ihnen vorüberhasten und spöttische Bemerkungen machen, lächeln sie nur.

Im Laufe der Zeit haben die Menschen vergessen, warum höher als besser gilt. Dennoch leben sie nach wie vor auf den Bergen, meiden sie weiterhin nach Möglichkeit tiefere Gebiete, schärfen sie ihren Kindern immer noch ein, sich von anderen Kindern aus geringeren Höhen fernzuhalten. Sie ertragen die Kälte der Berge aus Gewohnheit und genießen deren Unannehmlichkeiten als Teil ihrer guten Erziehung. Sie haben sich sogar eingeredet, die dünne Luft sei gut für ihren Körper. Dieser Logik folgend, haben sie sich auf eine magere Diät eingestellt und wollen nur die kärglichste Nahrung zu sich nehmen. Schließlich sind die meisten so dünn geworden wie die Luft, knochig und vorzeitig alt.

28. APRIL 1905

Ob man eine Straße entlanggeht, sich mit einem Freund unterhält, ein Gebäude betritt oder unter den Sandsteinbögen eines alten Laubengangs umherstöbert, überall begegnet man einem Zeitmeßinstrument. Turmuhren, Armbanduhren, Kirchenglocken unterteilen Jahre in Monate, Monate in Tage, Tage in Stunden, Stunden in Sekunden, und ein Bruchteil der Zeit folgt fehlerlos dem anderen. Und unabhängig von jeder besonderen Uhr legt ein ungeheures zeitliches Gerüst, das sich über das gesamte Universum erstreckt, das Gesetz der Zeit gleichmäßig für alle fest. Eine Sekunde ist in dieser Welt eine Sekunde ist eine Sekunde. Die Zeit schreitet mit höchster Regelmäßigkeit vorwärts, in jedem Winkel des Weltalls mit genau derselben Geschwindigkeit. Die Zeit ist ein unendlicher Maßstab. Die Zeit ist absolut.

Jeden Nachmittag kommt die Bevölkerung von Bern am westlichen Ende der Kramgasse zusammen. Dort zollt der Zytgloggeturm der Zeit um vier Minuten vor drei seinen Tribut. Oben an der Außenseite des Turms tanzen Narren, krähen Hähne, treten Bären als Pfeifer und Trommler auf, in ihren mechanischen Bewegungen und Tönen exakt synchronisiert durch die Drehungen eines Getriebes, das wiederum inspiriert ist von der Vollkommenheit der Zeit. Um Punkt drei Uhr ertönt dreimal eine wuchtige Glocke, die Leute stellen ihre

Uhren danach und kehren anschließend zurück in ihre Büros in der Speichergasse, in ihre Läden in der Kramgasse und auf ihre Bauernhöfe am anderen Ufer der Aare.

Diejenigen, die einer Religion anhängen, sehen in der Zeit einen Gottesbeweis. Denn gewiß könnte nichts so vollkommen erschaffen worden sein ohne einen Schöpfer. Nichts könnte universal und dabei nicht göttlichen Ursprungs sein. Alle Absolutheiten sind Teil des Einen Absoluten. Und wo immer es Absolutheiten gibt, da ist auch die Zeit. Deshalb haben die Philosophen der Ethik die Zeit in den Mittelpunkt ihres Glaubens gerückt. Die Zeit ist der Maßstab, der an alle Handlungen angelegt wird. Die Zeit ist die Klarheit, mit deren Hilfe Recht und Unrecht erkannt werden können.

In einem Wäschegeschäft in der Amthausgasse spricht eine Frau mit ihrer Freundin. Sie hat gerade ihre Stelle verloren. Zwanzig Jahre lang war sie Angestellte im Bundeshaus, hat sie die Debatten protokolliert. Sie hat ihre Familie ernährt. Mit einer Tochter, die noch zur Schule geht, und einem Mann, der jeden Morgen zwei Stunden auf der Toilette sitzt, ist sie jetzt entlassen worden. Ihre Vorgesetzte, eine aalglatte, seltsame Dame, ist am Morgen hereingekommen und hat ihr befohlen, bis zum nächsten Tag ihren Schreibtisch zu räumen. Die Freundin in dem Wäschegeschäft hört schweigend zu, faltet säuberlich das Tischtuch zusammen, das sie erworben hat, liest Fusseln vom Pullover der Frau, die soeben ihre Stelle verloren hat. Die beiden Freundinnen verabreden sich für den nächsten Morgen um zehn Uhr zum Tee. Zehn Uhr. Siebzehn Stunden und dreiundfünfzig Minuten von diesem Augenblick an.

Die Frau, die soeben ihre Stelle verloren hat, lächelt zum erstenmal seit Tagen. Sie stellt sich die Wanduhr in ihrer Küche vor, die durch ihr Ticken jede Sekunde, die zwischen diesem Augenblick und zehn Uhr morgen früh vergehen wird, anzeigt, ohne Unterbrechung, ohne Rücksprache. Und eine entsprechende, synchronisierte Uhr bei ihrer Freundin daheim. Morgen früh um zwanzig vor zehn wird die Frau ihr Kopftuch umbinden, Handschuhe und Mantel anziehen und die Schifflaube hinuntergehen, vorbei an der Nydeggbrücke zum Teeladen in der Postgasse. Auf der anderen Seite der Stadt wird um Viertel vor zehn ihre Freundin ihr Haus in der Zeughausgasse verlassen und sich zum selben Ort begeben. Um zehn Uhr werden sie sich treffen. Sie werden sich um zehn Uhr treffen.

Eine Welt, in der die Zeit absolut ist, ist eine tröstliche Welt. Denn während die Bewegungen der Menschen unvorhersehbar sind, ist die Bewegung der Zeit vorhersehbar. Während man an den Menschen zweifeln kann, ist an der Zeit nicht zu zweifeln. Während die Menschen vor sich hinbrüten, springt die Zeit vorwärts, ohne zurückzublicken. In den Cafés, den Regierungsgebäuden und den Booten auf dem Genfer See schauen die Menschen auf ihre Armbanduhr und nehmen Zuflucht bei der Zeit. Jeder weiß, daß irgendwo der Moment festgehalten ist, in dem er geboren wurde, der Moment, in dem er seinen ersten Schritt tat, der Moment der ersten Leidenschaft, der Moment, in dem er den Eltern Lebewohl gesagt hat.

3. MAI 1905

Betrachten wir eine Welt, in der Ursache und Wirkung unberechenbar sind. Mal geht das erste dem zweiten voraus, mal das zweite dem ersten. Oder vielleicht liegt die Ursache für immer in der Vergangenheit und die Wirkung in der Zukunft, aber Zukunft und Vergangenheit sind ineinandergeschlungen.

Von der Terrasse des Bundeshauses hat man

eine herrliche Aussicht: unten die Aare und darüber die Berner Alpen. Gerade jetzt steht dort ein Mann, der gedankenlos seine Taschen leert und weint. Grundlos haben seine Freunde ihn verlassen. Niemand meldet sich mehr bei ihm, niemand trifft sich mehr mit ihm zum Abendessen oder zum Bier im Gasthaus, niemand mehr lädt ihn zu sich nach Hause ein. Zwanzig Jahre lang ist er seinen Freunden der vollkommene Freund gewesen, großmütig, anteilnehmend, freundlich, liebevoll. Was mag geschehen sein? Eine Woche nach diesem Moment beginnt der Mann auf der Terrasse herumzukaspern. Er kränkt alle, seine Kleider stinken, er knausert mit dem Geld, läßt niemanden in seine Wohnung in der Laupenstraße. Was war Ursache und was Wirkung, was Zukunft und was Vergangenheit?

In Zürich hat der Rat jüngst strenge Gesetze erlassen. An gewöhnliche Bürger dürfen keine Pistolen mehr verkauft werden. Banken und Handelshäuser werden einer amtlichen Aufsicht unterworfen. Alle Besucher, gleich ob sie mit dem Boot auf der Limmat oder mit der Bahn auf der Selnau-Linie nach Zürich kommen, sind auf Konterbande zu durchsuchen. Die Bürgerwehr wird verdoppelt. Einen Monat nach dem Erlaß wird Zürich von den schlimmsten Verbrechen in seiner Geschichte zerrissen. Am hellichten Tage werden Menschen auf dem Weinplatz ermordet, aus dem Kunsthaus werden Gemälde gestohlen, im Gestühl des Münsterhofs wird Schnaps getrunken. Geschehen diese kriminellen Handlungen nicht zur falschen Zeit? Oder waren die neuen Gesetze vielleicht eher Aktion als Reaktion?

Neben einer Fontäne im Botanischen Garten sitzt eine junge Frau. Sie kommt jeden Sonntag hierher, um den Duft der weißen Veilchen, der Moschusrosen und der mattrosa Gartennelken zu schnuppern. Plötzlich beginnt ihr Herz schneller zu schlagen, sie errötet, geht unruhig hin und her, fühlt sich grundlos glücklich. Tage später begegnet sie einem jungen Mann und wird von Liebe ergriffen. Haben die beiden Ereignisse nichts miteinander zu tun? Was für ein merkwürdiger Zusammenhang, was für eine Verdrehung der Zeit, was für eine verkehrte Logik.

Wissenschaftler sind in dieser akausalen Welt hilflos. Ihre Vorhersagen werden zu nachträglichen Erklärungen. Ihre Gleichungen zu Rechtfertigungen, ihre Logik zur Unlogik. Wissenschaftler werden leichtsinnig und stammeln wie süchtige Spieler. Wissenschaftler sind Possenreißer, nicht weil sie rational sind, sondern weil der Kosmos irrational ist. Möglicherweise auch nicht, weil der Kosmos irrational ist, sondern weil sie rational sind. Wer kann das schon entscheiden in einer akausalen Welt?

Künstler sind froh in dieser Welt. Ihre Gemälde, ihre Musik, ihre Romane leben vom Unvorhersagbaren. Sie schwelgen in Ereignissen, die nicht vorausgesagt wurden, in Geschehnissen, die im Rückblick unerklärlich sind.

Die meisten Menschen haben gelernt, im gegenwärtigen Moment zu leben. Wenn die Wirkung der Vergangenheit auf die Gegenwart unklar ist, braucht man sich nicht näher mit der Vergangenheit zu befassen, heißt es. Und wenn die Gegenwart sich kaum auf die Zukunft auswirkt, brauchen Handlungen in der Gegenwart nicht auf ihre künftigen Folgen geprüft zu werden. Jede Tat ist vielmehr eine Insel in der Zeit und muß für sich allein beurteilt werden. Einem Onkel, der im Sterben liegt, wird von den Angehörigen nicht etwa Trost zugesprochen, weil sie auf seinen Nachlaß schielen, sondern aus der Zuneigung des Augenblicks. Bei der Einstellung von Mitarbeitern schaut man nicht auf ihren Lebenslauf, sondern auf ihr Verhalten im Vorstellungsgespräch. Angestellte, die von ihren Chefs schlecht behandelt werden, setzen sich gegen jede Kränkung zur Wehr, ohne um ihre Zukunft zu bangen. Es ist eine spontane Welt. Eine aufrichtige Welt. Eine Welt, in der jedes Wort, das gesagt wird, nur diesem Augenblick gilt, in der jeder Blick, der ausgetauscht wird, nur eine einzige Bedeutung, jede Berührung weder Vergangenheit noch Zukunft hat, jeder Kuß aus dem Moment geboren wird.

4. MAI 1905

Es ist Abend. Zwei Paare, eines aus der Schweiz, das andere aus England, sitzen an ihrem üblichen Tisch im Speisesaal des Hotels San Murezzan in St. Moritz. Sie treffen sich hier alljährlich im Monat Juni, um geselligen Verkehr zu pflegen und zu kuren. Die Männer sehen mit schwarzer Krawatte und Kummerbund stattlich aus, die Frauen in ihren Abendroben elegant. Der Kellner schreitet über den gepflegten Parkettboden und nimmt die Bestellungen entgegen.

»Ich denke, daß es morgen schön wird«, sagt die Frau mit dem Brokatschmuck im Haar. »Das wäre eine Wohltat.« Die anderen nicken. »So ein Badeort wirkt doch viel freundlicher, wenn die Sonne scheint. Obwohl es eigentlich keine Rolle spielen sollte.«

»Running Lightly steht in Dublin vier zu eins«, sagt der Admiral. »Ich würde auf ihn setzen, wenn ich das Geld hätte.« Er zwinkert seiner Frau zu.

»Ich gebe Ihnen fünf zu eins, wenn Sie mitmachen«, sagt der andere Mann.

Die Frauen schneiden ihre Brötchen auf, bestreichen sie mit Butter, legen die Messer behutsam neben den Buttertellern ab. Die Männer heften ihre Blicke auf den Eingang.

»Die Spitze an den Servietten finde ich herrlich«, sagt die Frau mit dem Brokatschmuck im Haar. Sie nimmt ihre, entfaltet sie und legt sie wieder zusammen.

»Das sagst du jedes Jahr, Josephine«, sagt die andere Frau lächelnd.

Das Essen wird aufgetragen. Heute abend gibt es Hummer Bordelaise, Spargel, Steak, Weißwein.

»Wie ist deines geraten?« sagt die Frau mit dem Brokatschmuck im Haar, zu ihrem Mann gewandt.

»Hervorragend. Und deines?«

»Ein bißchen arg gewürzt. Wie vergangene Woche.«

»Und wie ist Ihr Steak, Admiral?«

»Habe noch nie eine Rinderseite verschmäht«, sagt der Admiral zufrieden.

»Man merkt überhaupt nicht, daß Sie gern zulangen«, sagt der andere Mann. »Sie haben kein einziges Kilo zugenommen seit letztem Jahr. In den ganzen letzten zehn Jahren nicht.«

»Sie merken es vielleicht nicht, aber die Dame hier schon«, sagt der Admiral und zwinkert seiner Frau zu.

»Ich mag mich täuschen, aber mir scheint,

daß die Zimmer dieses Jahr ein wenig zugiger sind«, sagt die Frau des Admirals. Die anderen nicken, während sie weiter Hummer und Steak essen. »Am besten schlafe ich in kühlen Räumen, aber wenn es zieht, habe ich morgens einen Husten.«

»Ziehen Sie sich doch das Bettuch über den Kopf«, sagt die andere Frau.

Die Frau des Admirals sagt: »Ja«, wirkt aber verwirrt.

»Wenn Sie den Kopf unter das Bettuch stecken, wird Sie der Zug nicht mehr stören«, wiederholt die andere Frau. »In Grindelwald mache ich es auch immer so. Dort ist das Fenster neben meinem Bett. Ich kann es offenlassen, wenn ich das Bettuch bis über die Nase ziehe. Das hält die kalte Luft ab.«

Die Frau mit dem Brokatschmuck rutscht auf ihrem Stuhl hin und her, nimmt das übergeschlagene Bein herunter.

Der Kaffee kommt. Die Männer ziehen sich ins Herrenzimmer zurück, die Frauen in die Korbschaukelstühle auf der Terrasse draußen.

»Und wie hat sich das Geschäft seit letztem Jahr entwickelt?« fragt der Admiral.

»Kann mich nicht beklagen«, sagt der andere Mann und nippt an seinem Weinbrand.

»Die Kinder?«

»Ein Jahr älter geworden.«

Auf der Terrasse schaukeln die Frauen in ihren Stühlen und blicken in die Nacht hinaus.

Und genauso ist es in jedem Hotel, in jedem Haus, in jeder Stadt. Denn in dieser Welt verstreicht zwar die Zeit, aber es geschieht kaum etwas. Und so wie von Jahr zu Jahr kaum etwas geschieht, geschieht auch von Monat zu Monat kaum etwas, von Tag zu Tag. Wenn Zeit und Geschehen ein und dasselbe sind, bewegt sich die Zeit kaum. Wenn Zeit und Geschehen nicht ein und dasselbe sind, sind es nur die Menschen, die sich kaum bewegen. Wenn ein Mensch in dieser Welt keine Ambitionen hat, leidet er, ohne es zu wissen. Wenn ein Mensch Ambitionen hat, leidet er wissentlich, aber sehr langsam.

CHRIS
COSTELLO

ZWISCHENSPIEL

Einstein und Besso gehen am Spätnachmittag langsam die Speichergasse entlang. Es ist eine sehr stille Tageszeit. Die Ladenbesitzer kurbeln ihre Markisen hoch und holen die Fahrräder hervor. Aus einem Fenster oben im zweiten Stock eines Hauses ruft eine Mutter ihrer Tochter zu, sie solle endlich heimkommen und das Abendbrot richten.

Einstein hat seinem Freund Besso erklärt, warum er wissen möchte, was Zeit ist. Er hat jedoch nichts von seinen Träumen gesagt. Gleich werden sie zu Bessos Haus kommen. Manchmal bleibt Einstein zum Essen, und seine Frau Mileva muß ihn holen kommen, ihr Kind auf dem Arm. Das passiert gewöhnlich, wenn Einstein wie im Moment von einem neuen Projekt besessen ist. Während des ganzen Abendessens wippt er dann unter dem Tisch mit den Beinen. Einstein ist kein guter Tischgenosse.

Er beugt sich zu Besso hinüber, der gleichfalls kleinwüchsig ist, und sagt: »Ich möchte die Zeit verstehen, um ›dem Alten‹ nahezukommen.«

Besso nickt zustimmend. Aber es gibt Probleme, auf die er hinweist. Erstens liegt »dem Alten« vielleicht gar nichts daran, seinen Geschöpfen nahe zu sein, ob sie nun vernunftbegabt sind oder auch nicht. Zweitens ist unklar, ob Wissen gleichbedeutend ist mit Nähe. Außerdem könnte dieses Zeitprojekt, an dem Einstein arbeitet, für einen Sechsundzwanzigjährigen zu groß sein.

Andererseits ist Besso der Meinung, daß seinem Freund alles zuzutrauen ist. In diesem Jahr hat er nicht nur seine Doktorarbeit abgeschlossen, sondern außerdem einen Aufsatz über Photonen und einen weiteren über die Brownsche Bewegung geschrieben. Das Projekt, an dem er gerade arbeitet, hat zunächst als eine Untersuchung über Elektrizität und Magnetismus begonnen, bei der sich zeigte, wie Einstein eines Tages überraschend erklärte, daß man mit dem bisherigen Zeitkonzept nicht weiterkommt. Einsteins Ehrgeiz macht auf Besso tiefen Eindruck.

Besso überläßt Einstein eine Zeitlang seinen Gedanken. Er fragt sich, was Anna wohl zum Abendessen gekocht haben mag, und blickt durch eine Seitenstraße zur Aare hinunter, wo ein silbriges Boot in der tiefstehenden Sonne glitzert. Die Schritte der beiden Männer hallen leise auf dem Kopfsteinpflaster wider. Sie kennen sich seit ihrer Studentenzeit in Zürich.

»Mein Bruder hat mir aus Rom geschrieben«, sagt Besso. »Er kommt auf einen Monat zu Besuch. Anna mag ihn, weil er ihr immer Komplimente wegen ihrer Figur macht.« Einstein lächelt gedankenverloren. »Solange mein Bruder bei uns zu Besuch ist, werde ich dich nach der Arbeit nicht sehen können. Das verstehst du doch sicher, oder?«

»Was?« fragt Einstein.

»Solange mein Bruder bei uns zu Besuch ist, werde ich dich nicht oft sehen können«, wiederholt Besso. »Ich hoffe, das macht dir nichts aus.«

»Natürlich nicht«, sagt Einstein. »Mach dir meinetwegen keine Gedanken. Ich komme schon zurecht.«

Einstein hat, solange Besso ihn kennt, nie jemanden gebraucht. In seiner Jugendzeit sind die Eltern öfter umgezogen. Einstein ist verheiratet, wie Besso, aber er geht kaum mit seiner Frau aus. Auch zu Hause schleicht er sich mitten in der Nacht von Milevas Seite fort und geht in die Küche, um lange Seiten mit Gleichungen zu füllen, die er am nächsten Tag im Amt Besso zeigt.

Besso mustert seinen Freund neugierig. Dieses Verlangen nach Nähe, das Einstein ihm gegenüber zeigt, kommt ihm bei einem solchen Einsiedler, einem so introvertierten Menschen merkwürdig vor.

8. MAI 1905

Die Welt wird am 26. September 1907 untergehen. Das weiß jeder.

In Bern ist es wie in allen großen und kleinen Städten. Ein Jahr vor dem Ende schließen die Schulen ihre Tore. Warum noch für die Zukunft lernen, bei einer so kurzen Zukunft? Die Kinder, entzückt, daß sie für immer frei haben, spielen unter den Arkaden der Kramgasse Verstecken, laufen die Aarstraße entlang und lassen Steine über das Wasser hüpfen, verplempern ihr Geld für Pfefferminz und Lakritz. Ihre Eltern lassen sie machen, was sie wollen.

Einen Monat vor dem Weltende schließen die Geschäfte. Das Bundeshaus stellt seine Beratungen ein. Im Bundestelegraphengebäude in der Speichergasse kehrt Stille ein. Ebenso in der Uhrenfabrik in der Laupenstraße und in der Mühle jenseits der Nydeggbrücke. Wozu noch Handel und Gewerbe, wenn die verbleibende Zeit so kurz ist?

In den Straßencafés in der Amthausgasse sitzen die Leute, trinken Kaffee und reden unbeschwert über ihr Leben. In der Luft liegt ein Hauch von Freiheit. Gerade jetzt spricht zum Beispiel eine Frau mit braunen Augen zu ihrer Mutter davon, wie wenig Zeit sie füreinander hatten, als sie klein war und die Mutter als Näherin arbeitete. Mutter und Tochter wollen einen Ausflug nach Luzern machen. In die kurze noch verbleibende Zeit werden sie zwei ganze Menschenleben pressen. An einem anderen Tisch erzählt ein Mann einem Freund von einem verhaßten Vorgesetzten, der es nach Arbeitsschluß in der Garderobe des Amtes mit der Frau des Mannes trieb und ihn zu entlassen drohte, sollten er oder seine Frau Schwierigkeiten machen. Doch was hat der Mann jetzt noch zu fürchten? Er hat mit dem Vorgesetzten abgerechnet und sich mit seiner Frau versöhnt. Endlich erleichtert, streckt er die Beine aus und läßt den Blick über die Alpen schweifen.

In der Bäckerei in der Marktgasse schiebt der Bäcker mit seinen plumpen Fingern Teig in den Ofen und singt. In der letzten Zeit sind die Leute höflich, wenn sie ihr Brot bestellen. Sie lächeln und bezahlen umgehend, denn das Geld verliert seinen Wert. Plaudernd erzählen sie von ihrem Picknick in Fribourg, von den Erzählungen ihrer Kinder, denen sie so gern lauschen, von langen Spaziergängen am Nachmittag. Es macht ihnen anscheinend nichts aus, daß die Welt bald untergeht, weil allen das gleiche Schicksal bevorsteht. Eine Welt, die nur noch einen Monat vor sich hat, ist eine Welt der Gleichheit.

Einen Tag vor dem Ende sind die Straßen von lachenden Menschen erfüllt. Nachbarn, die nie miteinander gesprochen haben, grüßen sich wie Freunde, legen ihre Kleider ab und baden in den Brunnen. Andere springen in die Aare. Nachdem sie bis zur Erschöpfung geschwommen sind, liegen sie im dichten Ufergras und lesen Gedichte. Ein Rechtsanwalt und eine Postbeamtin, die einander nie zuvor begegnet sind, gehen Arm in Arm durch den Botanischen Garten, betrachten lächelnd die Alpenveilchen und die Astern und diskutieren über Kunst und Farbe. Was hat ihre bisherige gesellschaftliche Stellung noch für eine Bedeutung? In einer Welt, die nur noch einen Tag vor sich hat, sind sie gleich.

Im Schatten einer von der Aarbergergasse abzweigenden Seitenstraße lehnen ein Mann und eine Frau an der Wand, trinken Bier und essen Räucherfleisch. Anschließend wird sie ihn mit in ihre Wohnung nehmen. Sie ist mit einem anderen verheiratet, aber seit Jahren begehrt sie diesen Mann, und an diesem letzten Tag der Welt wird sie ihre Bedürfnisse befriedigen.

Einige wenige sausen durch die Straßen und verrichten gute Taten, um frühere Missetaten wiedergutzumachen. Es sind die einzigen, deren Lächeln gezwungen wirkt.

Eine Minute vor dem Weltuntergang versammeln sich alle auf dem Gelände des Kunstmuseums. Männer, Frauen und Kinder bilden einen riesigen Kreis und fassen sich bei den Händen. Keiner rührt sich. Keiner sagt ein Wort. Es ist so vollkommen still, daß jeder den Herzschlag seines Nachbarn zur Rechten und zur Linken hören kann. Dies ist die letzte Minute der Welt. In der absoluten Stille, die im Garten herrscht, fängt ein blauer Enzian das Licht an der Unterseite seiner Blüte, erglüht für einen Moment, um gleich darauf wieder unter den übrigen Blumen zu verschwinden. Die nadelförmigen Blätter einer Lärche hinter dem Museum erzittern leicht, als ein sanfter Wind durch den Baum weht. Weiter weg, hinter dem Wald, spiegelt die Aare das Sonnenlicht, beugt es mit jeder Welle ihrer Haut. Im Osten ragt der Münsterturm in den Himmel, rot und zerbrechlich, mit vom Steinmetz geschaffenen Formen, die so zart sind wie die Adern eines Blattes. Und weiter hinauf die Alpen mit ihren schneebedeckten Gipfeln, wo Weiß und Purpurrot groß und schweigend ineinander übergehen. Eine Wolke schwebt am Himmel. Ein Spatz flattert. Keiner sagt ein Wort.

In der letzten Sekunde ist es, als wären alle, einander an den Händen haltend, vom Topaz Peak herabgesprungen. Das Ende nähert sich wie der näher kommende Boden. Kühle Luft rauscht vorbei, die Körper sind schwerelos. Der stille Horizont tut sich meilenweit auf. Und von unten rast die endlose Schneedecke diesem Kreis aus rosarotem Leben entgegen, um ihn einzuhüllen.

10. MAI 1905

Es ist später Nachmittag, für einen Augenblick schmiegt sich die Sonne in eine schneebedeckte Senke der Alpen. Feuer berührt Eis. Die schrägstehenden Strahlen wandern von den Bergen über einen friedlichen See hinweg, werfen Schatten auf eine Stadt im Tal.

Es ist in mancher Hinsicht eine Stadt aus einem Guß. Fichte, Lärche und Zirbelkiefer bilden nach Norden und Westen einen sanften Übergang, während weiter hinauf Feuerlilien, blauer Enzian und bärtige Glockenblumen stehen. Auf stadtnah gelegenen Weiden grasen Kühe, aus deren Milch Butter, Käse und Schokolade hergestellt wird. Eine kleine Textilfabrik produziert Seidenstoffe, Bänder und Baumwollstoffe. Eine Kirchenglocke läutet. Der Duft von Räucherfleisch erfüllt die Straßen und Gassen.

Sieht man näher hin, setzt sich die Stadt aus vielen Teilen zusammen. Ein Viertel lebt im fünfzehnten Jahrhundert. Die Stockwerke der aus unbehauenem Stein errichteten Häuser sind durch Außentreppen und Galerien miteinander verbunden, und durch die offenen Giebel pfeift der Wind. Zwischen den Steinplatten auf den Dächern wächst Moos. Ein anderer Teil der Stadt bietet ein Bild des achtzehnten Jahrhunderts. Gebrannte rote Ziegel liegen angewinkelt auf geradlinigen Dächern. Eine Kirche hat ovale Fenster, vorkragende Emporen und Brüstungen aus Granit. Ein anderer Teil stellt die Gegenwart dar, mit arkadengesäumten Boulevards, Metallgeländern an den Balkonen, Fassaden aus glattem Sandstein. Jeder Teil der Stadt ist an einer anderen Zeit festgemacht.

An diesem Spätnachmittag, in diesen kurzen Augenblicken, in denen sich die Sonne in die schneebedeckte Senke der Alpen schmiegt, könnte jemand am Seeufer sitzen und über die äußere Beschaffenheit der Zeit nachdenken. Theoretisch könnte die Zeit glatt oder rauh, stachlig oder seidig, hart oder weich sein, doch in dieser Welt ist die Zeit zufällig von klebriger Beschaffenheit. Teile von Städten bleiben in einem historischen Moment verhaftet und kommen nicht mehr aus ihm heraus. Auch einzelne Menschen bleiben in einem Zeitpunkt ihres Lebens stehen und kommen nicht davon los.

Gerade jetzt spricht ein Mann in einem der Häuser unterhalb der Berge mit einem Freund. Er spricht von seiner Schulzeit auf dem Gymnasium. Seine besonderen Auszeichnungen in Mathematik und Geschichte hängen an den

Wänden, sind seine Sportabzeichen und Trophäen stehen auf den Bücherregalen. Hier, auf dem Tisch, liegt ein Foto von ihm als Kapitän einer Fechterriege, umringt von anderen jungen Männern, die mittlerweile die Universität besucht haben, Ingenieure und Bankkaufleute geworden und verheiratet sind. Dort, in der Kommode, sind seine Sachen von vor zwanzig Jahren, die Fechterbluse, die Tweedhose, die inzwischen zu eng in der Taille ist. Der Freund, der sich jahrelang bemüht hat, den Mann mit anderen Freunden bekannt zu machen, nickt höflich, ringt in der winzigen Stube stumm nach Luft.

In einem anderen Haus sitzt ein Mann allein an einem Tisch, der für zwei gedeckt ist. Vor zehn Jahren saß er dort seinem Vater gegenüber, war unfähig, ihm zu sagen, daß er ihn liebte, durchforschte seine Kindheit nach einem Moment der Nähe, erinnerte sich der Abende, an denen der Vater, dieser schweigsame Mann, allein mit seinem Buch dasaß – war unfähig, ihm zu sagen, daß er ihn liebte, war unfähig, ihm zu sagen, daß er ihn liebte. Der Tisch ist gedeckt mit zwei Tellern, zwei Gläsern, zwei Gabeln, wie an jenem letzten Abend. Der Mann beginnt zu essen, kann nicht essen, weint unkontrollierbar. Er hat nie gesagt, daß er ihn liebte.

In einem anderen Haus betrachtet eine Frau liebevoll ein Foto ihres Sohnes, jung, lächelnd und strahlend. Sie schreibt ihm an eine längst nicht mehr existierende Adresse, malt sich die fröhlichen Antwortbriefe aus. Wenn ihr Sohn an die Tür klopft, antwortet sie nicht. Wenn er mit aufgedunsenem Gesicht und glasigen Augen zu ihrem Fenster hinaufruft und um Geld bittet, hört sie ihn nicht. Wenn er, mit seinem taumelnden Gang, Briefe für sie hinterläßt, in denen er sie anfleht, ihn zu empfangen, wirft sie die Umschläge ungeöffnet fort. Wenn er abends vor ihrem Haus steht, geht sie zeitig zu Bett. Am Morgen betrachtet sie sein Foto, schreibt sie bewundernde Briefe an eine längst nicht mehr existierende Adresse.

Eine alte Jungfer sieht das Gesicht des jungen Mannes, der sie einst liebte, im Spiegel ihres Schlafzimmers, an der Decke der Bäckerei, auf der Oberfläche des Sees, am Himmel.

Die Tragödie dieser Welt ist, daß niemand glücklich ist, gleichgültig, ob er in einer Zeit des Leidens oder der Freude verhaftet ist. Die Tragödie dieser Welt ist, daß jeder allein ist. Denn ein Leben in der Vergangenheit kann unmöglich an der Gegenwart teilhaben. Jeder, der in der Zeit stehenbleibt, bleibt allein stehen.

11. MAI 1905

Bei einem Gang durch die Marktgasse macht man eine seltsame Beobachtung. Die Kirschen in den Obstverkaufsbuden liegen säuberlich aufgereiht, die Hüte im Putzmacherladen sind ordentlich übereinandergestapelt, die Blumen auf den Balkonen vollkommen symmetrisch angeordnet, auf dem Boden der Bäckerei liegt kein Krümel, auf den Steinfliesen der Speisekammer ist keine Milch verschüttet. Alles ist an seinem Platz.

Wenn eine fröhliche Gesellschaft ein Restaurant verläßt, sind die Tische aufgeräumter als vorher. Wenn ein leichter Wind durch die Straße geht, wird das Pflaster saubergekehrt, werden Schmutz und Staub an den Stadtrand befördert. Wenn Wellen gegen das Ufer schlagen, stellt sich seine ursprüngliche Form wieder her. Wenn Laub von den Bäumen fällt, schließen sich Blätter wie Gänse zu einer V-Formation zusammen. Wenn Wolken Gesichter bilden, bleiben diese Gesichter erhalten. Wenn aus einem Ofenrohr Rauch in ein Zimmer dringt, schwebt der Ruß in eine Zimmerecke, so daß die Luft rein bleibt. Balkone, deren Anstrich Wind und Wetter ausgesetzt ist, gewinnen mit der Zeit an Glanz. Das Krachen eines Donners bewirkt, daß sich eine zerbrochene Vase wieder zusammenfügt, daß die Scherben wieder an die Stelle springen, an der sie vorher waren, und sich exakt miteinander verbinden. Der Duft eines vorüberkommenden

Zimtkarrens verstärkt sich mit der Zeit, statt sich zu verlieren.

Kommen einem diese Vorgänge nicht sonderbar vor?

In dieser Welt ist der Ablauf der Zeit mit wachsender Ordnung verbunden. Ordnung ist das Gesetz der Natur, die universale Tendenz, die kosmische Richtung. Wenn die Zeit ein Pfeil ist, so deutet dieser Pfeil in Richtung Ordnung. Die Zukunft bedeutet Struktur, Organisation, Vereinigung, Verstärkung, die Vergangenheit Zufälligkeit, Wirrwarr, Zerfall, Zerstreuung.

Philosophen haben behauptet, erst durch eine Tendenz zur Ordnung erhalte die Zeit einen Sinn. Andernfalls sei die Zukunft nicht von der Vergangenheit zu unterscheiden, seien Ereignisfolgen nichts anderes als beliebig ausgewählte Szenen aus tausend Romanen, die Geschichte undurchschaubar wie der Nebel, der sich abends in den Baumwipfeln sammelt.

In einer solchen Welt bleiben die Menschen, deren Häuser unaufgeräumt sind, in den Betten liegen und warten darauf, daß die Kräfte der Natur den Staub von den Fensterbrettern vertreiben und die Schuhe ordentlich in den Schränken aufreihen. Menschen, die in ihren Angelegenheiten keine Ordnung halten, können zum Picknick ins Grüne fahren, während ihr Kalender sich von selbst ordnet, Termine arrangiert und ihre Konten ausgeglichen werden. Lippenstifte, Bürsten und Briefe können mit der Befriedigung in Handtaschen geschüttet werden, daß sich automatisch Übersichtlichkeit einstellen wird. Es ist nicht nötig, Gärten zu säubern, Unkraut zu zupfen. Schreibtische räumen sich nach Dienstschluß selber auf. Kleider, die abends auf dem Fußboden liegen, hängen morgens über dem Stuhl. Fehlende Socken tauchen wieder auf.

Kommt man im Frühling in eine Stadt, macht man eine andere seltsame Beobachtung. Denn im Frühjahr wird die Bevölkerung der Ordnung in ihrem Leben überdrüssig. Im Frühling versetzen die Menschen ihre Häuser absichtlich in verlotterten Zustand. Sie kehren

Dreck hinein, zertrümmern Stühle, zerschlagen Fensterscheiben. In der Aarbergergasse und in jeder anderen Wohnstraße hört man im Frühling Glas splittern, hört man die Menschen rufen, heulen, lachen. Im Frühling treffen sich die Leute zu nicht verabredeten Zeiten, verbrennen ihre Terminkalender, werfen ihre Armbanduhren fort, trinken nächtelang. Diese hysterische Verlotterung hält bis zum Sommer an, wenn die Menschen wieder zur Vernunft kommen und zur Ordnung zurückkehren.

14. MAI 1905

Es gibt einen Ort, an dem die Zeit stillsteht. Regentropfen hängen in der Luft. Uhrpendel schweben in halbem Schwung. Hunde heben die Schnauze in stummem Geheul. Erstarrte Fußgänger stehen auf staubigen Straßen, die Beine angewinkelt, wie von Stricken gehalten. Im Raum hängen die Düfte von Datteln, Mangofrüchten, Koriander und Kreuzkümmel.

Nähert sich ein Reisender diesem Ort aus beliebiger Richtung, so verlangsamen sich seine Bewegungen mehr und mehr. Die Abstände seines Herzschlags werden größer, seine Atmung wird langsamer, seine Temperatur sinkt, seine Gedanken lassen nach, bis er das leblose Zentrum erreicht und erstarrt. Denn dies ist der Mittelpunkt der Zeit. Von diesem Ort aus breitet sie sich in konzentrischen Kreisen aus. Im Zentrum vollkommen still, nimmt mit wachsendem Durchmesser ihre Geschwindigkeit zu.

Wer pilgert wohl zum Zentrum der Zeit? Eltern mit Kindern und Liebende.

Daher sieht man an dem Ort, an dem die Zeit stillsteht, Eltern, die ihre Kinder an sich drücken, in einer erstarrten Umarmung, die niemals endet. Die schöne kleine Tochter mit ihren blauen Augen und ihrem blonden Haar wird niemals aufhören, das Lächeln zu zeigen, das in diesem Moment auf ihren Zügen liegt, wird nie diesen sanften rosa Hauch auf ihren Wangen verlieren, wird nie faltig oder müde werden, wird sich nie verletzen, wird nie verlernen, was ihre Eltern ihr beigebracht haben, wird nie Gedanken denken, die ihre Eltern nicht kennen, wird nie das Böse erfahren, wird ihren Eltern nie sagen, daß sie sie nicht liebt, wird nie ihr Zimmer mit dem Blick auf das Meer verlassen, wird nie aufhören, ihre Eltern so zu berühren, wie sie es jetzt tut.

Auch sieht man an dem Ort, an dem die Zeit stillsteht, Liebende, die sich im Schatten von Gebäuden küssen, in einer erstarrten Umarmung, die niemals endet. Der oder die Geliebte wird nie seine oder ihre Arme fortnehmen von dort, wo sie jetzt sind, wird nie das Armband voller Erinnerungen zurückgeben, wird sich nie von dem geliebten Wesen entfernen, sich nie in einem Akt der Selbstaufopferung in Gefahr bringen, wird nie versäumen, seine oder ihre Liebe zu beweisen, nie eifersüchtig werden, wird sich nie in jemand anderen verlieben, nie die Leidenschaft dieses Augenblicks verlieren.

Dabei muß man bedenken, daß auf diese

Statuen nur ein äußerst schwaches rotes Licht fällt, denn im Zentrum der Zeit ist das Licht so stark herabgesetzt, das es fast nicht mehr existiert, sind seine Schwingungen zu Echos in unermeßlichen Cañons gedämpft, ist seine Intensität vermindert auf den matten Schimmer von Glühwürmchen.

Diejenigen, die sich nicht gänzlich im leblosen Zentrum befinden, bewegen sich durchaus, aber sie tun es im Tempo von Gletschern. Ein Bürstenstrich durch das Haar dauert vielleicht ein Jahr, ein Kuß tausend Jahre. Über der Erwiderung eines Lächelns vergehen in der Außenwelt ganze Jahreszeiten. Während der zärtlichen Umarmung eines Kindes entstehen dort Brücken. Während ein Lebewohl gesagt wird, zerfallen Städte und geraten in Vergessenheit.

Und die, die in die Außenwelt zurückkehren . . . Kinder wachsen rasch heran, vergessen die jahrhundertelange Umarmung ihrer Eltern, die für sie nur Sekunden gedauert hat. Kinder werden erwachsen, leben fern von ihren Eltern, bewohnen eigene Häuser, lernen selbständig zu handeln, leiden Schmerzen, werden alt. Kinder verfluchen ihre Eltern, weil die sie für immer an sich binden wollen, verfluchen die Zeit für die eigene faltige Haut, die heisere Stimme. Diese jetzt älter gewordenen Kinder möchten ebenfalls die Zeit anhalten, aber es ist eine andere Zeit. Sie möchten die eigenen Kinder im Zentrum der Zeit einfrieren.

Liebende, die aus dem Zentrum zurückkehren, finden ihre alten Freunde nicht mehr vor. Unterdessen sind ja ganze Leben vergangen. Sie bewegen sich in einer Welt, die sie nicht wiedererkennen. Liebende, die zurückkehren, umarmen einander zwar noch immer im Schatten von Gebäuden, doch ihre Umarmungen wirken leer und verlassen. Rasch vergessen sie die jahrhundertelangen Schwüre, die für sie nur Sekunden dauerten. Sie werden eifersüchtig selbst unter wildfremden Menschen, werfen einander haßerfüllte Worte an den Kopf, verlieren ihre Leidenschaft, leben sich auseinander, werden alt und einsam in einer Welt, die sie nicht verstehen.

Manche sagen, man solle sich am besten vom Zentrum der Zeit fernhalten. Das Leben sei eine betrübliche Fahrt, aber es zu ertragen eine edelmütige Sache. Andere teilen diese Ansicht nicht. Sie ziehen eine ewige Zufriedenheit vor, und wäre es auch eine fixierte, erstarrte Ewigkeit, wie ein präparierter Schmetterling in einer Schachtel.

15. MAI 1905

Stellen wir uns eine Welt vor, in der es keine Zeit gibt. Nur Bilder.

Ein Kind am Meeresufer, gebannt vom ersten Blick auf den Ozean. Eine Frau, die in der Frühe auf einem Balkon steht, das Haar offen, der Seidenpyjama verrutscht, die nackten Füße, die Lippen. Der Bogen der Arkade beim Zähringerbrunnen in der Kramgasse, Sandstein und Eisen. Ein Mann, der in der Stille seines Arbeitszimmers sitzt, in der Hand das Foto einer Frau, einen schmerzlichen Ausdruck auf dem Gesicht. Ein Fischadler, der am Himmel schwebt, mit gespreizten Schwingen, zwischen deren Federn die Strahlen der Sonne aufscheinen. Ein Knabe, der in einem leeren Saal sitzt, mit rasendem Herzschlag, als stünde er auf der Bühne. Fußspuren im Schnee einer winterlichen Insel. Ein Boot nachts auf dem Wasser, mit durch die Ferne gedämpften Lichtern, wie ein kleiner roter Stern am tiefschwarzen Himmel. Eine zugesperrte Hausapotheke. Ein Herbstblatt auf dem Boden, rot, golden und braun, zerbrechlich. Eine Frau, die sich neben dem Haus ihres Mannes, der von ihr getrennt lebt, in die Büsche drückt und auf ihn wartet, weil sie mit ihm sprechen muß. Ein sanfter Regen an einem Frühlingstag, ein Spaziergang, der für einen jungen Mann der letzte in der von ihm geliebten Stadt sein wird. Staub auf einem Fensterbrett. Ein Gewürzstand in der Marktgasse, das Gelb, Grün und Rot. Das Matterhorn, der gezackte Schneegipfel, der in den tiefblauen Himmel ragt, das grüne Tal und die Berghütten. Das Öhr einer Nadel. Tautropfen auf Blättern, kristallklar, schillernd. Eine Mutter auf ihrem Bett, weinend, der Duft von Basilikum in der Luft. Ein Kind auf einem Fahrrad auf der Kleinen Schanze, ein unsagbar glückliches Lächeln auf den Lippen. Ein Gebetsturm, hoch und oktogonal, mit offenem Balkon, feierlich, umgeben von Wappen. Dunst, der frühmorgens von einem See aufsteigt. Eine offene Schublade. Zwei Freunde in einem Café, das Gesicht des einen von der Lampe beschienen, das des anderen im Schatten. Eine Katze, die eine Fliege auf der Fensterscheibe beobachtet. Eine junge Frau auf einer Bank, einen Brief lesend, Freudentränen in den grünen Augen. Ein weites, von Zedern und Fichten gesäumtes Feld.

Sonnenstrahlen, die am Spätnachmittag schräg durchs Fenster fallen. Ein mächtiger Baum, umgestürzt, die Wurzeln in die Luft ragend, Rinde, die Hauptäste noch grün. Das

Weiß eines Segelboots vor dem Wind, die Segel gebläht wie die Schwingen eines weißen Riesenvogels. Vater und Sohn allein in einem Restaurant, der Vater traurig auf das Tischtuch starrend. Ein ovales Fenster, das auf Wiesen hinausgeht, ein Holzwägelchen, Kühe, grün und rot im Nachmittagslicht. Eine zerbrochene Flasche auf dem Fußboden, braune Flüssigkeit in den Ritzen, eine Frau mit roten Augen. Ein alter Mann in der Küche, der für seinen Enkelsohn das Frühstück bereitet, der Junge aus dem Fenster auf eine weißgestrichene Bank blickend. Ein zerlesenes Buch auf einem Tisch neben einer Lampe, die ein schwaches Licht wirft. Der weiße Schaum, den eine sich brechende Welle auf dem Wasser zurückläßt, windgepeitscht. Eine Frau, die mit nassen Haaren auf der Couch liegt, die Hand eines Mannes haltend, den sie nicht wiedersehen wird. Ein Zug mit roten Waggons auf einer hohen Steinbrücke mit anmutigen Bögen, darunter ein Fluß, Pünktchen, die in der Ferne liegende Häuser sind. Stäubchen, die im Sonnenlicht schweben, das durch ein Fenster fällt. Die dünne Haut eines Halses, so dünn, daß man darunter das Blut pulsieren sieht. Ein Mann und eine Frau, nackt, die Arme umeinandergeschlungen. Die blauen Schatten von Bäumen bei Vollmond. Ein hoher Berg, ständig einem starken Wind ausgesetzt, nach allen Seiten hin abfallend, Butterbrote mit Räucherfleisch und Käse. Ein Kind, das unter der Ohrfeige des Vaters zusammenzuckt, der Vater mit zornverzerrtem Gesicht, ohne Verständnis für das Kind. Ein fremdes Gesicht im Spiegel, grau an den Schläfen. Ein junger Mann, einen Telefonhörer in der Hand, entsetzt über das, was er hört. Ein Familienfoto, die Eltern jung und gelassen, die Kinder aufgeputzt und lächelnd. Ein winziges Licht, fern, durch ein dichtes Gehölz. Das Rot bei Sonnenuntergang. Eine Eierschale, weiß, zerbrechlich, heil. Ein blauer Hut, ans Ufer gespült. Rosen, die unter der Brücke auf dem Wasser treiben, im Hintergrund die Umrisse einer Burg. Die roten Haare einer Geliebten, wild, ausgelassen, verheißungsvoll. Die blauen Blütenblätter einer Lilie, die eine junge Frau in der Hand hält. Ein Zimmer mit vier Wänden, zwei Fenstern, zwei Betten, einem Tisch, einer Lampe, zwei Menschen mit erhitzten Gesichtern, Tränen. Der erste Kuß. Planeten, die durch den Weltraum schweben, Ozeane, Stille. Ein Wassertropfen am Fenster. Ein zusammengerolltes Tau. Ein gelber Pinsel.

20. MAI 1905

Ein Blick auf die dichtgedrängten Marktstände in der Spitalgasse sagt alles. Die Käufer gehen unschlüssig von einem Stand zum anderen, um festzustellen, was jeweils angeboten wird. Hier gibt es Tabak, aber wo gibt es Senfkörner? Dort gibt es Zuckerrüben, aber wo gibt es Dorsch? Hier gibt es Ziegenmilch, aber wo gibt es Lorbeer? Es sind keine Touristen, die sich zum erstenmal in Bern aufhalten. Es sind die Bürger von Bern. Keiner kann sich erinnern, daß er vor zwei Tagen bei einem Händler namens Ferdinand in der Nummer 17 Schokolade gekauft hat – oder Räucherfleisch bei Hofs Delikatessen in der Nummer 36. Jeder Laden muß mit seinem speziellen Angebot neu entdeckt werden. Manche halten eine Karte in der Hand, von der sie sich in der Stadt, in der sie ihr ganzes Leben zugebracht haben, in der Straße, durch die sie seit Jahren gegangen sind, von einer Arkade zur nächsten leiten lassen. Manche führen ein Notizbuch mit sich, um schnell aufzuschreiben, was sie entdeckt haben, bevor sie es wieder aus dem Kopf verlieren. Denn in dieser Welt haben die Menschen kein Gedächtnis.

Wenn der Feierabend kommt und es Zeit ist, nach Hause zu gehen, schaut jeder in seinem Adressenverzeichnis nach, wo er wohnt. Der Metzger, der in seinem eintägigen Metzgerdasein einige nicht sonderlich herausragende Stücke Fleisch zerschnitten hat, stellt fest, daß er in der Nägeligasse 29 wohnt. Der Börsenmakler, der mit seinem Kurzzeitgedächtnis einige hervorragende Geschäfte getätigt hat, entnimmt seinem Verzeichnis, daß er in der Bundesgasse 89 wohnt. Daheim angekommen, trifft jeder Mann auf eine Frau und auf Kinder, die ihn an der Tür erwarten, er stellt sich vor, hilft bei den Essensvorbereitungen, liest seinen Kindern Geschichten vor. In gleicher Weise trifft jede Frau, die von der Arbeit heimkehrt, auf einen Mann, auf Kinder, Sofas, Lampen, Tapeten, Porzellandessins.

Spätabends dann bleiben die Frau und der Mann nicht am Tisch sitzen, um über die Ereignisse des Tages, die Schulprobleme der Kinder, den Kontostand zu sprechen. Vielmehr lächeln sie einander an, spüren die Wallung des Blutes, das Stechen zwischen den Beinen wie vor fünfzehn Jahren, als sie sich kennenlernten. Sie finden ihr Schlafzimmer, stolpern an Familienfotos vorbei, die sie nicht erkennen, und verbringen die Nacht in sinnlicher Lust. Denn nur Gewohnheit und Erinnerung lassen die körperliche Leidenschaft abstumpfen. Ohne Gedächtnis ist jede Nacht die erste Nacht, jeder Morgen der erste Morgen, jeder Kuß und jede Berührung der erste Kuß, die erste Berührung.

Eine Welt ohne Gedächtnis ist eine Welt der Gegenwart. Die Vergangenheit existiert nur in Büchern, Dokumenten. Um zu wissen, wer er ist, führt jeder sein Buch des Lebens mit sich, in dem seine Geschichte verzeichnet ist. Indem er täglich darin liest, kann er nochmals erfahren, wer seine Eltern waren, ob er von hoher oder niederer Herkunft ist, ob er in der Schule gut oder schlecht abgeschnitten und es im Leben zu etwas gebracht hat. Ohne sein Buch des Lebens ist der Mensch ein Schnappschuß, ein zweidimensionales Bild, ein Gespenst. In den belaubten Cafés an der Brunngasshalde hört man den gequälten Schrei eines Mannes, der gerade liest, daß er einst einen anderen getötet hat, die Seufzer einer Frau, die entdeckt, daß sie von einem Prinzen umworben wurde, die plötzliche Prahlerei einer anderen, die ihrem

Buch entnommen hat, daß sie vor zehn Jahren die höchste Auszeichnung ihrer Universität erhielt. Während die Dunkelheit hereinbricht, sitzen manche an ihrem Tisch und lesen in ihrem Buch des Lebens, andere tragen auf seinen leeren Seiten hektisch die Ereignisse des Tages ein.

Mit der Zeit wird das Buch des Lebens so dick, daß man es nicht mehr von Anfang bis Ende lesen kann. Man muß dann wählen. Ältere Männer und Frauen entscheiden sich vielleicht, die ersten Seiten zu lesen, um zu wissen, wer sie in ihrer Jugendzeit waren, oder sie entscheiden sich, den Schluß zu lesen, weil sie wissen möchten, wer sie später waren.

Manche haben das Lesen ganz eingestellt. Sie haben die Vergangenheit aufgegeben. Sie sind zu dem Schluß gekommen, daß es unwichtig ist, ob sie gestern reich oder arm, gebildet oder unwissend, stolz oder bescheiden, verliebt oder leeren Herzens waren – so unwichtig wie der sanfte Wind, der durch ihr Haar streicht. Diese Menschen schauen einem direkt in die Augen und haben einen festen Händedruck. Diese Menschen gehen mit den lockeren Bewegungen ihrer Jugend. Diese Menschen haben gelernt, in einer Welt ohne Gedächtnis zu leben.

22. MAI 1905

Morgendämmerung. Ein lachsfarbener Nebel schwebt durch die Stadt, getrieben vom Atem des Flusses. Die Sonne wartet jenseits der Nydeggbrücke, wirft ihre sich rötenden Stacheln über die Kramgasse auf die gewaltige Uhr, welche die Zeit mißt, beleuchtet die Unterseite der Balkone. Morgendliche Laute wandern durch die Straßen, wie der Duft von Brot. Ein Kind erwacht und ruft nach seiner Mutter. Eine Markise quietscht leise, als der Hutmacher seinen Laden in der Marktgasse erreicht. Eine Dampfmaschine wimmert auf dem Fluß. Zwei Frauen unterhalten sich in gedämpftem Ton unter einer Arkade.

Während die Stadt aus Nebel und Nacht ersteht, ist etwas Merkwürdiges zu beobachten. Hier ist eine alte Brücke halb vollendet. Dort ist ein Haus von seinen Fundamenten entfernt worden. Hier schwenkt eine Straße ohne erkennbaren Grund nach Osten. Dort steht eine Bank mitten in einem Lebensmittelladen. Die unteren Buntglasfenster des Münsters stellen religiöse Themen dar, in den oberen sieht man unvermittelt ein Bild der Alpen im Frühling. Ein Mann geht mit forschem Schritt auf das Bundeshaus zu, bleibt plötzlich stehen, legt die Hände an den Kopf, ruft aufgeregt etwas aus, macht kehrt und eilt in entgegengesetzter Richtung davon.

Dies ist eine Welt der geänderten Pläne, der plötzlichen Gelegenheiten, der unerwarteten

Visionen. Denn in dieser Welt fließt die Zeit nicht gleichmäßig, sondern sprunghaft, und so erhalten die Menschen sprunghafte Einblicke in die Zukunft.

Eine Mutter erlebt eine plötzliche Vision von dem Ort, an dem ihr Sohn leben wird, und versetzt ihr Haus dorthin, um in seiner Nähe zu sein. Ein Bauunternehmer sieht, wo aller Handel sich in Zukunft abspielen wird, und schwenkt seine Straße in die entsprechende Richtung. Ein Mädchen sieht sich flüchtig als Floristin und beschließt, nicht auf die Universität zu gehen. Ein junger Mann hat eine Vision von der Frau, die er heiraten wird, und wartet auf sie. Ein Rechtsassessor erblickt sich in der Robe eines Richters in Zürich und gibt seinen Posten in Bern auf. Was hat es denn auch für einen Sinn, die Gegenwart fortzusetzen, wenn man die Zukunft gesehen hat?

Für diejenigen, die ihre Vision gehabt haben, ist diese Welt eine Welt des sicheren Erfolges. Kaum ein Projekt wird begonnen, das nicht einer Karriere förderlich ist, kaum eine

Fahrt unternommen, die nicht zur Stadt des Schicksals führt, kaum eine Freundschaft geschlossen, die nicht auch in der Zukunft noch Bestand hat. Kaum eine Leidenschaft scheitert.

Für diejenigen, die ihre Vision noch nicht gehabt haben, ist diese Welt eine Welt der tatenlosen Ungewißheit. Wie kann man sich an einer Universität einschreiben, wenn man seinen künftigen Beruf nicht kennt? Wie kann man in der Marktgasse eine Apotheke aufmachen, wenn ein entsprechendes Geschäft in der Spitalgasse vielleicht besser gehen würde? Wie kann man sich einem Mann hingeben, wenn man nicht weiß, daß er einem treu bleibt? Diese Menschen verschlafen den größten Teil des Tages und warten auf ihre Vision.

In dieser Welt der kurzen Einblicke in die Zukunft geht daher kaum jemand ein Risiko ein. Diejenigen, die in die Zukunft gesehen haben, brauchen kein Risiko einzugehen, und diejenigen, die die Zukunft noch nicht kennen, warten auf ihre Vision, ohne Risiken einzugehen.

Einige wenige, die die Zukunft erlebt haben, tun alles, um sie zu widerlegen. Ein Mann geht nach Neuchâtel und pflegt dort die Museumsgärten, nachdem er sich als Rechtsanwalt in Luzern gesehen hat. Ein junger Mann macht mit seinem Vater eine anstrengende Segeltour, nachdem eine Vision ihm gezeigt hat, daß der Vater in Kürze an einer Herzkrankheit sterben wird. Eine junge Frau erlaubt sich eine Liebschaft mit einem Mann, obwohl sie gesehen hat, daß sie einen anderen heiraten wird. Solche Menschen stehen in der Dämmerung auf ihren Balkons und rufen, daß die Zukunft sich ändern lasse, daß Tausende von Zukünften möglich seien. Schließlich jedoch hat der Gärtner in Neuchâtel den niedrigen Lohn satt und wird Rechtsanwalt in Luzern. Der Vater stirbt an seinem Herzen, und sein Sohn verflucht sich, weil er ihn nicht gezwungen hat, das Bett zu hüten. Die junge Frau wird von ihrem Liebhaber verlassen und heiratet einen Mann, der sie mit ihrem Schmerz allein lassen wird.

Wem ergeht es besser in dieser Welt der

sprunghaften Zeit? Denen, die in die Zukunft gesehen haben und nur ein Leben leben? Oder denen, die nicht in die Zukunft gesehen haben und noch darauf warten, ihr Leben zu leben? Oder jenen, die mit der Zukunft nichts zu tun haben wollen und zwei Leben leben?

29. MAI 1905

Plötzlich in diese Welt gestoßen, würden ein Mann oder eine Frau Häusern und Gebäuden ausweichen müssen. Denn alles ist in Bewegung. Häuser und Wohnungen, mit Rädern versehen, schwanken über den Bahnhofplatz oder rasen durch die Enge der Marktgasse, während ihre Bewohner aus Fenstern im zweiten Stock nach draußen rufen. Das Postamt bleibt nicht in der Postgasse, sondern saust auf Schienen durch die Stadt, wie ein Zug. Auch das Bundeshaus bleibt nicht ruhig in der Bundesgasse stehen. Überall ist die Luft vom Wummern und Dröhnen von Motoren und Verkehrslärm erfüllt. Jemand, der bei Sonnenaufgang aus seiner Haustüre kommt, gelangt im Laufschritt auf den Erdboden, rennt dem Bürogebäude nach, in dem er beschäftigt ist, arbeitet an einem Schreibtisch, der sich auf Kreisbahnen bewegt, galoppiert nach Feierabend heim. Keiner sitzt mit einem Buch unter einem Baum, keiner starrt auf die Wellen eines Teiches, keiner liegt in der Natur im dichten Gras. Keiner ist still.

Warum diese Fixierung auf die Geschwindigkeit? Weil die Zeit in dieser Welt für Menschen in Bewegung langsamer vergeht. Deshalb ist jeder mit hoher Geschwindigkeit unterwegs, um Zeit zu gewinnen.

Der Geschwindigkeitseffekt wurde erst mit der Erfindung des Verbrennungsmotors und den Anfängen des Schnellverkehrs entdeckt.

Am 8. September 1889 brachte Mr. Randolph Whig aus Surrey seine Schwiegermutter in seinem neuen Automobil mit hoher Geschwindigkeit nach London. Sehr zu seiner Freude brauchte er nur halb so lange wie erwartet, kaum hatte das Gespräch begonnen, war er schon da. So beschloß er, sich des Phänomens genauer anzunehmen. Nachdem seine Untersuchungen veröffentlicht worden waren, ging niemand mehr langsam.

Zeit ist nun einmal Geld, und so diktieren allein schon finanzielle Erwägungen, daß sich jedes Maklerhaus, jedes Fabrikgebäude, jeder Lebensmittelladen ständig in möglichst rascher Fahrt zu befinden hat, um gegenüber der Konkurrenz besser dazustehen. So sind diese Gebäude mit gewaltigen Antriebsaggregaten ausgestattet und kommen nie zum Stillstand. Ihre Motoren und Kurbelwellen dröhnen viel lauter als die Maschinen und die Menschen drinnen.

Entsprechend spielen beim Verkauf von Häusern nicht nur die Fläche und ihr Zuschnitt eine Rolle, sondern auch die Geschwindigkeit. Denn je schneller ein Haus sich bewegt, desto langsamer ticken drinnen die Uhren, desto mehr Zeit steht seinen Bewohnern zur Verfügung. In einem schnellen Haus kann man, je nach Geschwindigkeit, gegenüber den Nachbarn an einem einzigen Tag mehrere Minuten gutmachen. Dieser Geschwindigkeitswahn setzt sich auch in der Nacht fort, denn auch im Schlaf kann man wertvolle Zeit verlieren oder gewinnen. Die Straßen sind nachts hell erleuchtet, damit fahrende Häuser eine stets fatal ausgehende Kollision vermeiden können. Nachts träumen die Menschen von Geschwindigkeit, von Jugend, von Aufstieg.

Von einer Tatsache allerdings hat man in dieser Welt der hohen Geschwindigkeit kaum Notiz genommen. Der Bewegungseffekt kann – eine logische Tautologie – immer nur relativ sein. Denn wenn zwei Menschen auf der Straße aneinander vorbeifahren, nimmt jeder den anderen als bewegt wahr, so wie ein Mann im Zug die Bäume an seinem Fenster vorbeifliegen sieht. Wenn zwei Menschen auf der

Straße aneinander vorbeifahren, sieht folglich jeder die Zeit des anderen langsamer verstreichen. Jeder denkt, daß der andere Zeit gewinnt. Diese gegenseitige Wahrnehmung ist zum Verrücktwerden. Und was die Leute noch mehr verrückt macht: Je schneller man sich an einem Nachbarn vorbeibewegt, desto schneller scheint sich dieser zu bewegen.

Frustriert und entmutigt, haben einige es aufgegeben, aus dem Fenster zu schauen. Sie haben die Rouleaus heruntergezogen, und so wissen sie nicht, wie schnell sie selbst und wie schnell ihre Nachbarn und Konkurrenten sich bewegen. Sie stehen morgens auf, nehmen ein Bad, essen Hefezopf mit Schinken, arbeiten an ihrem Schreibtisch, hören Musik, reden mit ihren Kindern, führen ein zufriedenes Leben.

Einige behaupten, allein die riesige Turmuhr zeige die richtige Zeit an, nur sie sei im Ruhezustand. Andere weisen darauf hin, daß auch die riesige Uhr in Bewegung sei, von der Aare oder von einer Wolke aus betrachtet.

CHRIS
COSTELLO

ZWISCHENSPIEL

Einstein und Besso sitzen in einem Straßencafé in der Amthausgasse. Es ist Mittagszeit, und Besso hat seinen Freund überredet, das Amt zu verlassen und frische Luft zu schnappen.

»Du siehst nicht gut aus«, sagt Besso.

Einstein zuckt mit den Achseln, fast ein wenig verlegen. Minuten vergehen, vielleicht auch nur Sekunden.

»Ich komme voran«, sagt Einstein.

»Das kann ich mir denken«, sagt Besso und betrachtet sorgenvoll die dunklen Ringe um die Augen des Freundes.

Es ist durchaus möglich, daß Einstein wieder aufgehört hat zu essen. Besso erinnert sich, daß er selbst einmal so ausgesehen hat wie Einstein jetzt, aber aus einem anderen Grund. Die Sache trug sich in Zürich zu. Völlig unerwartet starb Bessos Vater, mit Ende Vierzig. Besso, der nie recht mit seinem Vater ausgekommen war, empfand Kummer und Schuldgefühle. Er konnte sein Studium nicht mehr fortsetzen. Zu Bessos Überraschung nahm ihn Einstein damals in seinem möblierten Zimmer auf und kümmerte sich einen Monat lang um ihn.

Jetzt sieht Besso, wie es Einstein geht, und er wünscht, er könnte ihm helfen. Aber Einstein braucht natürlich keine Hilfe. Besso hat den Eindruck, daß Einstein nichts fehlt. Er scheint seinen Körper und die Welt vergessen zu haben.

»Ich komme voran«, sagt Einstein nochmals. »Ich denke, die Rätsel werden sich aufklären. Hast du den Aufsatz von Lorentz gelesen, den ich dir auf den Schreibtisch gelegt habe?«

»Verworren.«

»Ja, verworren und ad hoc. Das kann unmöglich stimmen. Was aus den elektromagnetischen Experimenten hervorgeht, ist etwas viel Fundamentaleres.«

Einstein streicht sich nachdenklich über den Schnurrbart und verzehrt dann gierig das Kleingebäck, das vor ihnen auf dem Tisch steht.

Eine Zeitlang wechseln die beiden Männer kein Wort. Besso tut sich vier Zuckerwürfel in den Kaffee, während Einstein zu den Berner Alpen hinüberstarrt, die weit in der Ferne liegen und durch den Dunst fast nicht zu erkennen sind. In Wirklichkeit schaut Einstein durch die Alpen hindurch, hinaus in den Weltraum. Manchmal verursacht ihm ein solcher Weitblick Migräne, dann muß er sich mit geschlossenen Augen auf sein grünes, mit einem Schonbezug versehenes Sofa legen.

»Anna möchte, daß du nächste Woche mit Mileva zum Abendessen kommst«, sagt Besso. »Notfalls könnt ihr das Baby mitbringen.«

Einstein nickt.

Besso bestellt sich noch einen Kaffee, erblickt an einem Nachbartisch eine junge Frau und schiebt sich das Hemd in den Hosenbund. Er sieht fast so ramponiert aus wie Einstein, dessen Blick inzwischen auf Galaxien ruht. Besso macht sich wirklich Sorgen um seinen Freund, obwohl er ihn auch früher schon so erlebt hat. Vielleicht wird ihn das gemeinsame Essen ja auf andere Gedanken bringen.

»Samstag abend«, sagt Besso.

»Ich bin Samstag abend besetzt«, sagt Einstein unvermittelt. »Aber Mileva und Hans Albert können kommen.«

Besso sagt lachend: »Samstag abend um acht.« Es ist ihm ein Rätsel, warum sein Freund überhaupt geheiratet hat. Einstein kann es selbst nicht erklären. Er hat Besso einmal gestanden, er habe gehofft, daß Mileva wenigstens den Haushalt machen würde, aber daraus ist nichts geworden. Das ungemachte Bett, die schmutzige Wäsche, die Stapel ungespülten Geschirrs sind geblieben. Und mit dem Baby sind noch unangenehme Aufgaben hinzugekommen.

»Was hältst du von der Rasmussen-Anmeldung?« fragt Besso.

»Die Flaschenzentrifuge?«

»Ja.«

»Das funktioniert nicht, weil die Welle zu stark vibriert«, sagt Einstein. »Aber die Idee ist gut. Mit einer flexiblen Aufhängung, die ihre eigene Drehachse finden könnte, würde es wahrscheinlich klappen.«

Besso weiß, was er meint. Einstein wird selbst eine Konstruktionsskizze anfertigen und Rasmussen zusenden, ohne Bezahlung oder auch nur Anerkennung dafür zu verlangen. Oft wissen die glücklichen Empfänger von Einsteins Anregungen nicht einmal, wer ihre Patentanmeldungen prüft. Nicht, daß Einstein Anerkennung nicht genießen würde. Als er vor einigen Jahren die Ausgabe der Annalen der Physik in Händen hielt, in der sein erster Aufsatz abgedruckt war, ahmte er volle fünf Minuten lang einen Hahn nach.

2. JUNI 1905

Ein weicher, brauner Pfirsich wird aus der Mülltonne geholt und auf den Tisch gelegt, um rosarot zu werden. Er wird rosarot, er wird fest, wird in der Einkaufstüte zum Lebensmittelladen gebracht, auf ein Regal gelegt, fortgenommen und in eine Kiste gepackt, zurückgebracht an den Baum mit den rosa Blüten. In dieser Welt fließt die Zeit rückwärts.

Eine verhutzelte Frau sitzt fast bewegungslos in einem Sessel, das Gesicht rot und geschwollen, das Augenlicht fast gänzlich dahin, das Gehör dahin, der Atem kratzend wie das Rascheln von totem Laub auf Steinen. Jahre vergehen. Es kommen einige Besucher. Allmählich wird die Frau kräftiger, sie ißt mehr und die tiefen Kerben in ihrem Gesicht verschwinden. Sie hört Stimmen, Musik. Verschwommene Schatten verdichten sich zu Licht, Umrissen und Bildern von Tischen, Stühlen, menschlichen Gesichtern. Die Frau verläßt ihr Häuschen zu kleinen Ausflügen, geht auf den Markt, besucht dann und wann eine Freundin und trinkt bei gutem Wetter in einem Café eine Tasse Tee. Sie holt Nadeln und Garn aus der unteren Schublade ihrer Kommode hervor und häkelt. Wenn ihre Arbeit ihr gefällt, lächelt sie. Eines Tages wird ihr Mann mit aschfahlem Gesicht ins Haus getragen. Innerhalb von Stunden werden seine Wangen rosig, er steht vornübergebeugt, reckt sich und spricht mit ihr. Das Haus der Frau wird zu ihrem gemeinsamen Haus. Sie essen zusammen, erzählen sich Witze, lachen. Sie reisen durchs Land und besuchen Freunde. In ihr weißes Haar mischen sich dunkelbraune Strähnen, in ihrer Stimme schwingen neue Töne mit. Sie geht zu einer Abschiedsfeier ins Gymnasium, beginnt Geschichte zu unterrichten. Sie liebt ihre Schüler und diskutiert mit ihnen nach dem Unterricht. In der Mittagspause und abends liest sie. Sie trifft sich mit Freunden und diskutiert über Geschichte und die aktuellen Ereignisse. Sie hilft ihrem Mann, die Buchführung seiner kleinen Drogerie zu erledigen, macht mit ihm Wanderungen am Fuß der Berge entlang, schläft mit ihm. Ihre Haut wird glatt, ihr Haar lang und wunderbar braun, ihre Brüste werden fest. In der Universitätsbibliothek sieht sie ihren Mann zum erstenmal und erwidert seine Blicke. Sie nimmt an Seminaren teil, macht ihr Abitur, wobei ihren Eltern und ihrer Schwester Freudentränen in den Augen stehen. Sie wohnt zu Hause bei ihren Eltern, streift mit ihrer Mutter stundenlang durch die

Wälder in der Nähe ihres Hauses, hilft ihr beim Geschirrspülen. Sie erzählt ihrer kleineren Schwester Geschichten, bekommt abends vor dem Schlafengehen vorgelesen, wird kleiner. Sie krabbelt. Sie wird gestillt.

Ein Mann mittleren Alters verläßt die Bühne eines Saales in Stockholm, eine Medaille in der Hand. Er tauscht mit dem Präsidenten der schwedischen Akademie der Wissenschaften einen Händedruck, erhält den Nobelpreis für Physik und lauscht der Laudatio. Der Mann denkt kurz an den Preis, den er erhalten soll. Seine Gedanken wandern rasch gut zwanzig Jahre in die Zukunft, wo er allein in einem kleinen Zimmer arbeiten wird, nur mit Bleistift und Papier. Tag und Nacht wird er arbeiten, viele falsche Anläufe unternehmen und den Papierkorb mit mißglückten Ketten von Gleichungen und logischen Folgerungen füllen. Doch an manchen Abenden wird er noch einmal an seinen Schreibtisch zurückkehren und wissen, daß er etwas über die Natur herausgefunden hat, was vor ihm noch niemand gedacht hat, daß er sich in den Wald gewagt und Licht gefunden, daß er kostbare Geheimnisse zu fassen bekommen hat. An diesen Abenden wird ihm das Herz in der Brust hämmern, als wäre er verliebt. Die Vorahnung jenes Blutstroms, jener Zeit, da er jung, unbekannt und ohne Angst vor Fehlern sein wird, überwältigt ihn in diesem Moment, da er auf seinem Stuhl in diesem Saal in Stockholm sitzt, weit entfernt von der kleinen Stimme des Präsidenten, der seinen Namen bekanntgibt.

Ein Mann steht am offenen Grab seines Freundes, wirft eine Handvoll Erde auf den Sarg, spürt den kalten Aprilregen auf seinem Gesicht. Doch er weint nicht. Er blickt nach vorne auf den Tag, an dem die Lungen seines Freundes stark sein werden, an dem er nicht mehr im Bett liegen, sondern lachen wird, an dem die beiden zusammen Bier trinken, segeln gehen und miteinander reden werden. Er weint nicht. Er wartet sehnsüchtig auf einen bestimmten Tag in der Zukunft, an den er sich erinnert, jenen Tag, an dem er und sein Freund an einem einfachen, niedrigen Tisch Butterbrote essen werden, und er wird von seiner Furcht sprechen, alt zu werden und ungeliebt, und sein Freund wird verständnisvoll nicken, und an der Fensterscheibe wird der Regen herabrinnen.

3. JUNI 1905

Stellen wir uns eine Welt vor, in der die Menschen nur einen Tag leben. Entweder müssen sich Herzschlag und Atmung so beschleunigen, daß sich ein ganzes Menschenleben in die Dauer einer Umdrehung der Erde um ihre Achse zwängen läßt, oder die Erdrotation muß sich so sehr verlangsamen, daß eine vollständige Umdrehung ein ganzes Menschenleben dauert. Beide Interpretationen sind zulässig. In beiden Fällen sehen ein Mann oder eine Frau einen einzigen Sonnenaufgang, einen einzigen Sonnenuntergang.

In dieser Welt erlebt keiner den Wechsel der Jahreszeiten. Wer im Dezember in einem europäischen Land geboren wird, erblickt nie die Hyazinthe, die Lilie, die Aster, das Alpenveilchen, das Edelweiß, sieht nie, wie das Ahornlaub sich golden verfärbt, hört nie die Grillen oder die Teichrohrsänger. Wer im Dezember geboren wird, verbringt sein Leben in Kälte. Wer dagegen im Juli geboren wird, spürt nie eine Schneeflocke auf seiner Wange, sieht nie das kristallene Leuchten eines zugefrorenen Sees, hört nie das Knirschen der Stiefel in frischem Schnee. Wer im Juli geboren wird, verbringt sein Leben in Wärme. Über die Unterschiede der Jahreszeiten erfährt man aus Büchern.

In dieser Welt richtet sich die Lebensplanung nach dem Tageslicht. Wer bei Sonnenuntergang geboren wird, verbringt die erste Hälfte seines Lebens in Dunkelheit, erlernt häusliche Berufe wie Weber und Uhrmacher, liest viel, wird intellektuell, ißt zuviel, fürchtet sich vor der undurchdringlichen Dunkelheit draußen, glaubt sich von Verfolgern umgeben. Wer bei Sonnenaufgang geboren wird, erlernt Berufe, die im Freien ausgeübt werden, wie Landwirt und Maurer, wird körperlich fit, meidet Bücher und verrückte Projekte, ist heiter und zuversichtlich, fürchtet sich vor nichts.

Bei einem Wechsel der Lichtverhältnisse kommen Sonnenaufgangs- und Sonnenuntergangskinder gleichermaßen in Schwierigkeiten. Die bei Sonnenuntergang Geborenen werden, wenn die Sonne aufgeht, vom plötzlichen Anblick von Bäumen, Meeren und Bergen überwältigt, werden vom Tageslicht geblendet, ziehen sich zurück in ihre Häuser und verhüllen ihre Fenster, verbringen den Rest ihres Lebens im Halbdunkel. Die bei Sonnenaufgang Geborenen beklagen, wenn die Sonne untergeht, das Verschwinden der Vögel am Himmel, der abgestuften Blauschattierungen im Meer, der hypnotischen Wanderung der Wolken. Sie wehklagen und weigern sich, die dunklen häuslichen Berufe zu erlernen, liegen am Boden, schauen nach oben und strengen sich an zu sehen, was sie einmal gesehen haben.

In dieser Welt, in der ein Menschenleben nur einen Tag umfaßt, gehen die Menschen achtsam mit der Zeit um, wie Katzen, die auf dem Dachboden dem leisesten Geräusch nachspüren. Denn man darf keine Zeit verlieren. Geburt, Schulzeit, Liebschaften, Ehe, Beruf und Alter, das alles muß sich in einen einzigen Sonnendurchgang, einen einzigen Tageswechsel fügen. Menschen, die sich auf der Straße begegnen, tippen an ihren Hut und eilen weiter. Menschen, die sich in Häusern treffen, erkundigen sich höflich nach dem Wohlergehen und widmen sich dann ihren eigenen Angelegenheiten. Menschen, die in Cafés zusammenkommen, verfolgen besorgt die wandernden Schatten und bleiben nicht lange sitzen. Die Zeit ist zu kostbar. Ein Leben ist der Augenblick einer Jahreszeit. Ein Leben ist ein Schneefall. Ein Leben ist ein Herbsttag. Ein Leben ist die vergängliche scharfe Kante des Schattens einer sich schließenden Tür. Ein Leben ist ein kurzes Zappeln von Armen und Beinen.

Wenn dann das Alter naht, ob bei Licht oder Dunkelheit, entdeckt der Mensch, daß er niemanden kennt. Dafür war keine Zeit. Die Eltern sind mittags oder um Mitternacht verschieden. Brüder und Schwestern sind in ferne Städte gezogen, um vergängliche Gelegenheiten zu ergreifen. Freunde haben gewechselt wie der Stand der Sonne. Häuser, Städte, Arbeitsstellen, Geliebte, das alles wurde so geplant, daß es in ein Leben hineinpaßt, das sich innerhalb eines Tages abspielt. Im Alter kennt ein Mensch niemanden. Er spricht mit Leuten, aber er kennt sie nicht. Sein Leben ist aufgesplittert in Bruchstücke eines Gesprächs, vergessen von Bruchstücken von Menschen. Sein Leben zerfällt in hastige Episoden, an denen kaum jemand teilgehabt hat. Er sitzt vor seinem Nachttisch, hört, wie sein Badewasser einläuft und fragt sich, ob außerhalb seines Geistes noch irgend etwas existiert. Diese Umarmung seiner Mutter, hat es die wirklich gegeben? Diese spaßhafte Rivalität mit dem Schulfreund, hat es die wirklich gegeben? Dieser erste Kitzel der Sexualität, hat es ihn wirklich gegeben? Hat es die Geliebte gegeben? Wo ist das alles jetzt? Wo sind sie alle, während er hier vor seinem Nachttisch sitzt, hört, wie das Badewasser einläuft, und verschwommen wahrnimmt, wie sich das Licht ändert.

5. JUNI 1905

Nach einer äußeren Beschreibung des Ortes und der Flüsse, der Bäume, der Gebäude und der Menschen zu urteilen, ist alles ganz normal. Die Aare macht eine Biegung nach Osten, ist übersät mit Booten, die Kartoffeln und Zuckerrüben befördern. Die Ausläufer der Alpen sind gesprenkelt mit Zirbelkiefern, deren zapfenbehangene Zweige aufwärts gebogen sind wie die Arme eines Kandelabers. Dreistöckige Häuser mit roten Ziegeldächern und Gaubenfenstern säumen beschaulich die Aarstraße, die sich am Fluß entlangzieht. In der Marktgasse winken Ladenbesitzer den Passanten zu, bieten Taschentücher, feine Uhren, Tomaten, gesäuertes Brot und Fenchel feil. Der Duft von Räucherfleisch weht durch die Gassen. Ein Mann und eine Frau stehen auf ihrem schmalen Balkon in der Kramgasse, streiten sich und lächeln dabei. Ein junges Mädchen geht langsam durch den Garten an der Kleinen Schanze. Die hohe Rotholztür des Postamts geht auf und zu, auf und zu. Ein Hund bellt.

In den Augen eines beliebigen Menschen stellt sich die Szene jedoch ganz anders dar. Eine Frau, die auf einer Bank an der Aare sitzt, sieht die Boote zum Beispiel mit hoher Geschwindigkeit vorüberziehen, so als flögen sie auf Kufen über Eis. Einer anderen erscheinen die Boote dagegen so schwerfällig, daß sie fast den ganzen Nachmittag brauchen, um die Biegung des Flusses hinter sich zu bringen. Ein

Mann, der auf der Aarstraße steht, entdeckt bei einem Blick auf den Fluß, daß die Boote erst vorwärts, dann rückwärts fahren.

Diese Diskrepanzen treten auch an anderer Stelle auf. Gerade jetzt geht ein Drogist, der sein Mittagessen eingenommen hat, zu seinem Geschäft in der Kochergasse zurück. Er sieht folgendes Bild: Hinter ihm galoppieren zwei Frauen, die heftig mit den Armen fuchteln und so schnell aufeinander einreden, daß er sie nicht verstehen kann. Ein Rechtsanwalt überquert eilig die Straße, um zu einem Termin zu kommen, wobei sich sein Kopf ruckartig bald in diese, bald in eine andere Richtung bewegt, wie bei einem kleinen Tier. Ein Ball, den ein Kind von einem Balkon herunterwirft, saust durch die Luft wie eine Gewehrkugel, ein kaum sichtbarer Fleck. Die Bewohner des Hauses Nummer 82, die er flüchtig durch das Fenster wahrnimmt, fliegen durch das Haus, von einem Zimmer ins nächste, setzen sich für einen Augenblick, schaufeln in einer Minute ihr Essen hinunter, verschwinden, erscheinen wieder. Am Himmel ziehen sich Wolken zusammen, treiben auseinander, ziehen sich erneut zusammen, im Rhythmus der menschlichen Atmung.

Die gleiche Szene beobachtet der Bäcker auf der anderen Straßenseite. Er sieht, daß zwei Frauen gemächlich die Straße entlangschlendern, kurz mit einem Rechtsanwalt sprechen, dann weitergehen. Der Anwalt geht in eine Wohnung im Haus Nummer 82, setzt sich zum Mittagessen an einen Tisch, geht ans Fenster im ersten Stock und fängt einen Ball auf, den ein Kind von der Straße hinaufwirft.

Einer dritten Person, die vor einem Laternenpfahl in der Kochergasse steht, erscheint die Szene dagegen vollkommen regungslos: Zwei Frauen, ein Rechtsanwalt, ein Ball, ein Kind, drei Flußboote und das Innere einer Wohnung sind eingefangen wie Gemälde im hellen Sommerlicht.

Ähnlich verhält es sich mit jeder Ereignisfolge in dieser Welt, in der die Zeit ein Sinneseindruck ist.

In einer Welt, in der die Zeit ein Sinneseindruck ist wie das Sehen oder das Schmecken, kann eine Ereignisfolge als schnell oder langsam, gedämpft oder intensiv, salzig oder süß, ursächlich oder ohne Ursache, geordnet oder zufällig wahrgenommen werden – das hängt ganz von der Vorgeschichte des Betrachters ab. In Cafés in der Amthausgasse sitzen Philosophen und debattieren darüber, ob die Zeit außerhalb der menschlichen Wahrnehmung wirklich existiert. Wer kann sagen, ob ein Ereignis schnell oder langsam, ursächlich oder ohne Ursache, in der Vergangenheit oder in der Zukunft abläuft? Wer kann sagen, ob überhaupt Ereignisse stattfinden? Die Philosophen sitzen mit halboffenen Augen da und vergleichen untereinander ihre jeweilige Zeitästhetik.

Es gibt ganz wenige Menschen, die von Geburt an keinen Zeitsinn besitzen. Dadurch verstärkt sich ihr Ortssinn in quälender Weise. Sie liegen im hohen Gras und werden von Dichtern und Malern aus aller Welt mit Fragen überhäuft. Man fleht diese Zeit-tauben Menschen an, die genaue Stellung von Bäumen im Frühling, die Form des Schnees auf den Alpen, den Winkel der auf eine Kirche fallenden Sonnenstrahlen, die Position von Flüssen, die Lage von Moos, die Struktur einer Vogelschar zu beschreiben. Doch die Zeit-Tauben können nicht aussprechen, was sie wissen. Denn das Sprechen besteht in einer Abfolge von Worten, gesprochen in der Zeit.

9. JUNI 1905

Angenommen, die Menschen lebten ewig.

Seltsamerweise zerfällt die Bevölkerung einer jeden Stadt in zwei Gruppen: die Spätermenschen und die Jetztmenschen.

Die Spätermenschen meinen, es bestehe keine Eile, mit den Seminaren an der Universität zu beginnen, eine zweite Sprache zu erlernen, Voltaire oder Newton zu lesen, sich in der Firma um Beförderung zu bemühen, sich zu verlieben, eine Familie zu gründen. Für all diese Dinge steht unendlich viel Zeit zur Verfügung. In unendlicher Zeit können alle Dinge verwirklicht werden. Folglich können alle Dinge warten. Überstürzte Aktionen führen ja tatsächlich zu Fehlern. Wer könnte dieser Logik widersprechen? Man erkennt die Spätermenschen in jedem Geschäft, auf jeder Promenade. Sie haben einen lockeren Gang und tragen bequem sitzende Kleidung. Sie finden Vergnügen daran, in zufällig herumliegenden Zeitschriften zu lesen, bei sich zu Hause die Möbel umzustellen oder zwanglos ein Gespräch anzuknüpfen, so wie ein Blatt vom Baum fällt. Die Spätermenschen sitzen in Cafés, trinken Kaffee und erörtern die Möglichkeiten des Lebens.

Die Jetztmenschen begreifen, daß sie mit einem unendlichen Leben alles machen können, was sie sich nur vorzustellen vermögen. Sie werden unendlich viele Berufe ausüben, unendlich oft heiraten, unendlich viele Male ihre politische Einstellung wechseln. Jeder wird Jurist, Maurer, Schriftsteller, Buchhalter, Maler, Arzt und Bauer sein. Die Jetztmenschen sind ständig damit beschäftigt, neue Bücher zu lesen, neue Begriffe und neue Sprachen zu erlernen. Um die unendlichen Möglichkeiten des Lebens auszukosten, beginnen sie früh und rasten nie. Wer könnte ihre Logik anzweifeln? Die Jetztmenschen sind leicht zu erkennen. Sie sind die Besitzer der Cafés, die Professoren, die Ärzte und Schwestern, die Politiker, die Leute, die, sobald sie irgendwo sitzen, ständig mit den Beinen wippen. Sie durchlaufen eine ganze Reihe von Leben, eifrig bestrebt, nichts zu versäumen. Treffen sich zufällig zwei Jetztmenschen an dem sechseckigen Stützpfeiler des Zähringerbrunnens, so stellen sie Vergleiche zwischen den Leben an, die sie gemeistert haben, tauschen sie Informationen aus und schauen auf die Uhr. Treffen sich an gleicher Stelle zwei Spätermenschen, so denken sie über die Zukunft nach und folgen dabei mit den Blicken dem Bogen, den das Wasser beschreibt.

Eines haben Jetztmenschen und Spätermenschen miteinander gemein. Ein unendliches Leben bringt eine unendliche Reihe von Verwandten mit sich. Die Großeltern sterben ebensowenig wie die Urgroßeltern, die Großtanten und die Großonkel, die Urgroßtanten und so weiter, durch alle Generationen hindurch. Sie alle leben und bieten einem ihre guten Ratschläge an. Söhne können nie dem Schatten ihrer Väter, Töchter nicht dem ihrer Mütter entrinnen. Keiner wird jemals selbständig.

Ein Mann, der eine Firma aufmacht, fühlt sich genötigt, darüber mit seinen Eltern, Großeltern und Urgroßeltern – und ad infinitum immer so weiter – zu sprechen, um aus ihren Fehlern zu lernen. Denn kein Unternehmen ist etwas wirklich Neues. Alles ist schon von irgendeinem Vorläufer in der Familie versucht worden. Genaugenommen ist alles schon verwirklicht worden. Das fordert jedoch seinen Preis. Denn die Vervielfachung der Erfolge muß in einer solchen Welt geteilt werden durch die Verminderung des Ehrgeizes.

Eine Tochter, die Rat von ihrer Mutter wünscht, kann diesen nicht unverwässert bekommen. Ihre Mutter muß ihre eigene Mutter fragen, die wiederum ihre Mutter fragen muß, und so weiter bis in alle Ewigkeit. So wie Söhne und Töchter nicht ihre eigenen Entscheidungen treffen können, so können sie sich auch nicht um verläßlichen Rat an ihre Eltern wenden. Eltern sind nicht die Quelle von Gewißheit. Sie sind eine Million Quellen.

Wo jede Tat millionenfach überprüft werden muß, ist das Leben ein zaghaftes Sondieren. Brücken werden bis zur Flußmitte vorgetrieben und hören dann abrupt auf. Gebäude wachsen neun Stockwerke hoch, haben aber kein Dach. Die Vorräte des Lebensmittelhändlers an Ingwer, Salz, Kabeljau und Rindfleisch verändern sich mit jedem Sinneswandel, jeder Konsultation. Sätze bleiben unvollendet, Verlöbnisse werden Tage vor der Hochzeit beendet, und auf den Gassen und Straßen schauen sich die Leute um und spähen hinter sich, wer ihnen wohl zusehen mag.

Das ist der Preis der Unsterblichkeit. Niemand ist ganz er selbst. Niemand ist frei. Einige sind mit der Zeit zu dem Schluß gekommen, das Sterben biete die einzige Möglichkeit zu leben. Im Tod wird ein Mann oder eine Frau frei von der Last der Vergangenheit. Diese vereinzelten Seelen gehen unter den Blicken ihrer lieben Verwandtschaft in den Bodensee oder stürzen sich vom Monte Lema und machen damit ihrem unendlichen Leben ein Ende. Auf diese Weise hat das Endliche das Unendliche besiegt, wurden Millionen Herbste durch keinen Herbst, Millionen Schneefälle durch keinen Schneefall, Millionen Ermahnungen durch keine bezwungen.

10. JUNI 1905

Angenommen, die Zeit wäre nicht eine Quantität, sondern eine Qualität wie das nächtliche Leuchten über den Bäumen, wenn der aufgehende Mond gerade die Baumlinie erreicht hat. Die Zeit existiert, aber sie kann nicht gemessen werden.

Gerade jetzt, an einem sonnigen Nachmittag, steht eine Frau mitten auf dem Bahnhofplatz und wartet auf einen bestimmten Mann. Vor einiger Zeit hat er sie im Zug nach Fribourg gesehen, war bezaubert und bat sie, ihr die Gärten auf der Großen Schanze zeigen zu dürfen. Aus seinem dringlichen Ton und seinem Blick entnahm die Frau, daß ihm viel daran lag. Also wartet sie auf ihn, ohne Ungeduld, und vertreibt sich die Zeit mit einem Buch. Einige Zeit später, vielleicht am folgenden Tag, kommt er, sie haken sich unter, gehen zu den Gärten, schlendern vorbei an den Beeten mit Tulpen, Rosen, Türkenbund und bärtigen Glockenblumen, sitzen unermeßlich lange auf einer weißen Bank aus Zedernholz. Der Abend kommt, erkennbar an einer Veränderung des Lichts, einer Rötung des Himmels. Der Mann und die Frau folgen einem gewundenen Pfad aus kleinen weißen Steinen zu einem Restaurant auf einem Hügel. Waren sie ein ganzes Leben lang zusammen – oder nur einen Augenblick? Wer kann das sagen?

Durch die Bleiglasfenster des Restaurants erspäht die Mutter des Mannes, daß er dort mit der Frau sitzt. Flehend ringt sie die Hände, denn sie möchte, daß ihr Sohn zu Hause ist. Sie sieht in ihm das Kind. Ist denn Zeit vergangen, seit er zu Hause wohnte, mit seinem Vater Fangen spielte, seiner Mutter mit der Hand über den Rücken fuhr, bevor er schlafen ging? Die Mutter sieht das jungenhafte Lachen, eingefangen im Kerzenlicht, durch die Bleiglasfenster des Restaurants, und sie ist sich sicher, daß keine Zeit vergangen ist, daß ihr Sohn, ihr Kind, zu ihr nach Hause gehört. Sie wartet draußen, ringt die Hände, während ihr Sohn in der Intimität dieses Abends, mit dieser Frau, die er kennengelernt hat, rasch älter wird.

Auf der anderen Straßenseite der Aarbergergasse streiten sich zwei Männer wegen einer Arzneimittellieferung. Der Empfänger ist wütend, weil die Arzneimittel, deren Haltbarkeit begrenzt ist, überaltert sind und ihre Wirksamkeit eingebüßt haben. Er hat vor langer Zeit mit ihnen gerechnet, hat sogar am Bahnhof eine Zeitlang auf sie gewartet, während die grauhaarige Dame aus der Spitalgasse 27 immer wieder kam und unverrichteter Dinge gehen mußte, während sich das Licht auf den Alpen viele Male gewandelt hat und die warmen Tage erst zu kalten und schließlich zu regnerischen wurden. Der Absender, ein kleiner dicker Mann mit Schnurrbart, ist beleidigt. Er hat die Medikamente in seiner Fabrik in Basel verpackt, sobald er hörte, daß über den Geschäften die Markisen hochgingen. Er hat die Pakete an den Zug gebracht, während die Wolken noch an derselben Stelle standen wie bei Abschluß des Liefervertrages. Was mehr konnte er tun?

In einer Welt, in der die Zeit nicht gemessen werden kann, gibt es keine Uhren, keine Kalender, keine eindeutigen Verabredungen. Ereignisse werden durch andere Ereignisse ausgelöst, nicht durch den Fortgang der Zeit. Man beginnt mit dem Hausbau, wenn das Bauholz und die Steine an der Baustelle eintreffen. Der Steinbruch liefert Steine, wenn der Steinbruchbesitzer Geld braucht. Der Rechtsanwalt verläßt sein Haus und vertritt seinen Mandanten vor dem Bundesgericht, wenn seine Tochter einen Witz über seine beginnende Glatze macht. Der Unterricht am Berner Gymnasium wird eingestellt, wenn der Schüler seine Prüfung bestanden hat. Züge fahren aus dem Bahnhof, wenn sämtliche Plätze in den Waggons besetzt sind.

In einer Welt, in der die Zeit eine Qualität ist, prägt man sich die Ereignisse ein, indem man sich an die Farbe des Himmels erinnert, an den Tonfall der Rufe des Bootsmannes auf der Aare, an das Gefühl des Glücks oder der Furcht, das man empfindet, wenn eine Person ein Zimmer betritt. Die Geburt eines Kindes, die Erteilung eines Patents für eine Erfindung, die Begegnung zweier Menschen sind keine fixierten Punkte in der Zeit, die sich mit der Angabe von Stunde und Minute festhalten ließen. Alle Ereignisse gleiten vielmehr durch den Raum der Imagination, materialisieren sich durch einen Blick, ein Begehren. Die Zeit zwischen zwei Ereignissen kann entsprechend lang oder kurz sein, je nach den kontrastierenden Ereignissen, der Intensität der Beleuchtung, dem Verhältnis von Licht und Schatten, dem Blickpunkt der Beteiligten.

Manche versuchen, die Zeit zu quantifizieren, sie zu zergliedern und aufzuteilen. Sie werden in Stein verwandelt. Ihre Körper stehen erstarrt an den Straßenecken, kalt, hart und schwer. Schließlich werden diese Statuen dem Steinbruchbesitzer gebracht, der sie in gleichmäßige Teile zersägt und zum Hausbau verkauft, wenn er Geld braucht.

11. JUNI 1905

An der Ecke Kramgasse/Theaterplatz gibt es ein kleines Straßencafé mit sechs blauen Tischen und blauen Petunien in den Blumenkästen vor den Fenstern der Küche, und von diesem Café aus kann man ganz Bern sehen und hören. Menschen lassen sich durch die Laubengänge der Kramgasse treiben, schwätzen miteinander und machen hier oder da halt, um

Wäsche, Armbanduhren und Zimt zu kaufen. Achtjährige Knaben aus der Schule in der Kochergasse, die gerade Pause haben, folgen ihrem Lehrer im Gänsemarsch durch die Straßen zu den Ufern der Aare. Von einer Fabrik am anderen Flußufer steigt träge Rauch auf, aus den Speirohren des Zähringerbrunnens gurgelt Wasser hervor, die riesige Uhr in der Kramgasse schlägt einmal für die vollendete Viertelstunde.

Wenn man die Geräusche und Gerüche der Stadt einmal außer acht läßt, kann man etwas Bemerkenswertes beobachten. An der Ecke der Kochergasse versuchen zwei Männer auseinanderzugehen, aber es gelingt ihnen nicht, so als würden sie einander nie wiedersehen. Sie verabschieden sich voneinander, gehen in entgegengesetzter Richtung davon, eilen gleich aber erneut aufeinander zu und umarmen sich. Ganz in der Nähe sitzt eine Frau mittleren Alters auf dem steinernen Rand eines Brunnens und weint still in sich hinein. Sie umfaßt den Stein mit ihren gelblichen Händen, umfaßt ihn so fest, daß das Blut aus ihren Händen weicht, und starrt verzweifelt auf den Grund des Brunnens. Ihre Einsamkeit ist so tief, als glaubte sie, nie wieder einem anderen Menschen zu begegnen. Zwei Frauen im Pullover schlendern Arm in Arm die Kramgasse entlang und lachen dabei so herzhaft, daß sie unmöglich einen Gedanken an die Zukunft verschwenden können.

Dies ist in der Tat eine Welt ohne Zukunft. In dieser Welt ist die Zeit eine Gerade, die in der Gegenwart endet, in der Realität ebenso wie in den Köpfen der Menschen. In dieser Welt kann sich niemand die Zukunft vorstellen. Sich die Zukunft vorzustellen ist genauso unmöglich, wie die Farben jenseits des Violetten zu sehen: Was hinter dem sichtbaren Ende des Spektrums kommen mag, können die Sinne nicht erfassen.

In einer Welt ohne Zukunft ist jeder Abschied eines Freundes ein Tod, jedes Lachen das letzte Lachen. In einer Welt ohne Zukunft liegt jenseits der Gegenwart das Nichts, und die Menschen klammern sich an sie, als hingen sie an einer Klippe.

Wer sich die Zukunft nicht vorstellen kann, der kann auch die Folgen seines Handelns nicht abwägen. Das wirkt auf manche lähmend bis zur Untätigkeit. Sie liegen den ganzen Tag im Bett, sind hellwach, haben aber Angst, sich anzuziehen. Sie trinken Kaffee und betrachten Fotos. Andere dagegen springen morgens aus dem Bett, völlig unbekümmert darum, daß jegliches Handeln ins Nichts mündet, unbekümmert darum, daß sie ihr Leben nicht planen können. Sie leben dem Augenblick, und jeder davon ist erfüllt. Wieder andere setzen die Vergangenheit an die Stelle der Zukunft. Sie vergegenwärtigen sich jede einzelne Erinnerung, jede einzelne Tat, die sie vollbracht haben, jede Ursache und deren Wirkung, und sie sind fasziniert davon, wie die Ereignisse sie bis zu diesem Augenblick gebracht haben, dem letzten Augenblick der Welt, dem Ende der Geraden, welche die Zeit darstellt.

In dem kleinen Café mit den sechs Tischen auf der Straße und den Petunienkästen sitzt ein junger Mann vor Kaffee und Kuchen. Er hat ruhig die Straße beobachtet, hat die beiden lachenden Frauen im Pullover gesehen, die Frau mittleren Alters am Brunnen, die beiden Freunde, die sich immer wieder voneinander verabschieden. Und während er dasitzt, zieht eine dunkle Regenwolke über die Stadt. Doch der junge Mann bleibt an seinem Tisch sitzen. Er kann sich nur die Gegenwart vorstellen, und die Gegenwart ist in diesem Augenblick ein sich verdüsternder Himmel, aber kein Regen. Während er den Kaffee trinkt und den Kuchen ißt, wundert er sich darüber, daß das Ende der Welt so dunkel ist. Dann regnet es. Der junge Mann geht nach drinnen, zieht sich die nasse Jacke aus und wundert sich darüber, daß die Welt im Regen endet. Er spricht mit dem Küchenchef über das Essen, doch er wartet nicht darauf, daß es aufhört zu regnen, denn er wartet auf nichts. In einer Welt ohne Zukunft ist jeder Augenblick das

Ende der Welt. Nach zwanzig Minuten hat sich die Gewitterwolke verzogen, es hört auf zu regnen, und der Himmel hellt sich auf. Der junge Mann kehrt an seinen Tisch zurückt und wundert sich darüber, daß die Welt im Sonnenschein endet.

15. JUNI 1905

In dieser Welt ist die Zeit eine sichtbare Dimension. So wie man in die Ferne schauen und dort Häuser, Bäume und Berggipfel wahrnehmen kann, die Orientierungspunkte im Raum bieten, so kann man auch in eine andere Richtung schauen und dort Geburten, Hochzeiten und Todesfälle sehen, die als Wegweiser in der Zeit dienen und sich in der fernen Zukunft verlieren. Und so wie man sich entscheiden kann, ob man an einem Ort bleiben oder zu einem anderen laufen möchte, so kann man auch seine Bewegung auf der Zeitachse wählen. Manche haben Angst, sich weit von einem behaglichen Moment zu entfernen. Sie halten sich eng an einen bestimmten zeitlichen Ort und trauen sich nicht einen Schritt über ein vertrautes Ereignis hinaus. Andere galoppieren unbekümmert in die Zukunft, ohne auf die rasche Folge der vorüberziehenden Ereignisse vorbereitet zu sein.

Im Polytechnikum Zürich sitzen ein junger Mann und sein Mentor in einem kleinen Bibliotheksraum und erörtern in aller Ruhe die Doktorarbeit des jungen Mannes. Es ist Dezember, und im Kamin mit der weißen Marmoreinfassung brennt ein Feuer. Der junge Mann und sein Lehrer sitzen in gemütlichen Eichensesseln an einem runden Tisch, der mit Blättern voller Berechnungen übersät ist. Die Untersuchung war schwierig. In den letzten achtzehn Monaten hat sich der junge Mann hier in diesem Raum allmonatlich mit seinem Professor getroffen, hat ihn um Rat und Ermutigung gebeten, ist gegangen, um wieder einen Monat lang zu arbeiten, ist mit neuen Fragen zurückgekommen. Der Professor hat ihm stets geantwortet. Auch heute gibt der Professor wieder Erklärungen. Während sein Lehrer spricht, starrt der junge Mann aus dem Fenster, beobachtet er, wie der Schnee auf der vor dem Gebäude stehenden Fichte hängenbleibt, fragt er sich, wie er nach der Promotion zurechtkommen wird. In seinem Sessel sitzend, schreitet der junge Mann zögernd in der Zeit voran, nur Minuten in die Zukunft hinein, erschaudert vor der Kälte und Ungewißheit. Er macht einen Rückzieher. Es ist sehr viel besser, in diesem Moment zu bleiben, neben dem warmen Feuer, eingehüllt in die freundliche Hilfe seines Mentors. Es ist sehr viel besser, das Wandern in der Zeit zu lassen. Und so bleibt der junge Mann an diesem Tag und in diesem kleinen Bibliotheksraum. Seine Freunde kommen vorbei, schauen kurz herein, sehen, daß er hier stehengeblieben ist, und setzen ihren Weg in die Zukunft fort, jeder mit dem ihm eigenen Tempo.

Im Hause Viktoriastraße 27 in Bern liegt eine junge Frau auf ihrem Bett. Der laute Streit ihrer Eltern dringt bis zu ihrem Zimmer hinauf. Sie hält sich die Ohren zu und starrt auf ein Foto, das auf ihrem Nachttisch steht, ein Foto, das sie als Kind zeigt, wie sie mit Mutter und Vater am Strand sitzt. An einer Wand ihres Zimmers steht eine kastanienbraune Kommode, auf der Kommode eine Waschschüssel aus Porzellan. Die blaue Farbe an der Wand ist rissig und löst sich ab. Am Fußende ihres Bettes liegt ein geöffneter Koffer, halb gefüllt mit Kleidern. Sie starrt auf das Foto, dann hinaus in die Zeit. Die Zukunft winkt. Sie faßt einen Entschluß. Ohne fertigzupacken, eilt sie aus dem Haus, eilt sie von diesem Punkt ihres Lebens fort, direkt in die Zukunft hinein. Sie eilt ein Jahr voraus, fünf Jahre, zehn Jahre, zwanzig Jahre, schließlich zieht sie die Bremse.

Aber sie war so schnell, daß sie erst zum

Stehen kommt, als sie bereits fünfzig Jahre alt ist. Die Ereignisse sind so schnell an ihr vorbeigerauscht, daß sie kaum etwas gesehen hat. Ein kahl werdender Rechtsanwalt, der sie geschwängert und dann verlassen hat. Ein kaum erkennbares Jahr an der Universität. Eine Zeitlang eine kleine Wohnung in Lausanne. Eine Freundin in Fribourg. Vereinzelt Besuche bei ihren ergrauten Eltern. Das Krankenhauszimmer, in dem ihre Mutter starb. Die feuchte, nach Knoblauch riechende Wohnung in Zürich, wo ihr Vater starb. Ein Brief von ihrer Tochter, die in England lebt.

Die Frau hält den Atem an. Sie ist fünfzig Jahre alt. Sie liegt auf ihrem Bett, versucht sich an ihr Leben zu erinnern und starrt auf ein Foto, das sie als Kind zeigt, wie sie mit Mutter und Vater am Strand sitzt.

17. JUNI 1905

Es ist Dienstag morgen in Bern. In der Marktgasse schreit der Bäcker mit den plumpen Fingern eine Frau an, die letztes Mal nicht bezahlt hat, fuchtelt wild mit den Armen, während sie den gerade erstandenen Zwieback ruhig in ihrer Tasche verstaut. Vor dem Bäckerladen fährt ein Kind auf Rollschuhen hinter einem Ball her, der aus einem Fenster im ersten Stock geworfen wurde, und die Rollschuhe des Kindes rasseln über das Steinpflaster. Am östlichen Ende der Marktgasse, dort, wo sie in die Kramgasse übergeht, stehen ein Mann und eine Frau dicht beieinander im Schatten einer Arkade. Zwei Männer mit Zeitungen unter dem Arm gehen an ihnen vorüber. Dreihundert Meter südlich fliegt ein Teichrohrsänger langsam über die Aare.

Die Welt bleibt stehen.

Der Mund des Bäckers erstarrt mitten im Satz. Das Kind verharrt mitten in seiner Fahrt, der Ball schwebt in der Luft. Der Mann und die Frau unter der Arkade werden zu Statuen. Die beiden Männer werden zu Statuen, ihr Gespräch bricht ab, als wäre die Nadel eines Plattenspielers abgehoben worden. Der Vogel erstarrt im Flug, fixiert wie ein über dem Fluß aufgehängtes Requisit.

Eine Mikrosekunde später beginnt die Welt wieder.

Der Bäcker setzt seine Strafpredigt fort, als wäre nichts geschehen. Auch das Kind rennt weiter hinter dem Ball her. Der Mann und die Frau pressen sich dichter aneinander. Die beiden Männer debattieren den Preisanstieg für Rinder. Der Vogel schlägt mit den Flügeln und setzt seinen Flug über die Aare fort.

Minuten später bleibt die Welt erneut stehen. Dann beginnt sie wieder. Bleibt stehen. Beginnt wieder.

Was ist das für eine Welt? In dieser Welt ist die Zeit nicht stetig. In dieser Welt ist die Zeit unstetig. Die Zeit ist eine Nervenbahn: scheinbar durchgehend, aus der Ferne betrachtet, aber unterbrochen, wenn man genau hinsieht, mit mikroskopischen Spalten zwischen den einzelnen Fasern. Ein nervöser Impuls durchfließt einen Zeitabschnitt, bricht plötzlich ab, hält inne, überspringt ein Vakuum und fließt im angrenzenden Abschnitt weiter.

So winzig sind die Unterbrechungen der Zeit, daß man eine einzige Sekunde vergrößern und in tausend Teile zerlegen und jeden dieser Teile wieder in tausend Teile zerlegen müßte, ehe man ein einziges fehlendes Stückchen ausmachen könnte. So winzig sind die Unterbrechungen, daß die Spalte zwischen den Abschnitten praktisch nicht wahrnehmbar sind. Nach jedem Wiederbeginn der Zeit sieht die neue Welt aus wie die alte. Die Orte und Bewegungen der Wolken, die Flugbahnen der Vögel, der Fluß von Gesprächen und Gedanken scheinen exakt dieselben zu sein.

Die Zeitabschnitte passen fast nahtlos zusammen, aber eben doch nicht ganz nahtlos. Gelegentlich kommt es zu geringfügigen Verschiebungen. An diesem Dienstag in Bern stehen zum Beispiel ein junger Mann und eine junge Frau, beide Ende Zwanzig, unter einer Straßenlaterne in der Gerberngasse. Vor einem Monat haben sie sich kennengelernt. Er liebt sie sehr, hatte aber bereits ein niederschmetterndes Erlebnis mit einer Frau, die ihn unerwartet verließ, und so hat er Angst vor der Liebe. Bei dieser Frau muß er sichergehen. Er studiert ihr Gesicht, bittet sie stumm, ihm ihre wahren Gefühle zu zeigen, forscht nach dem unscheinbarsten Hinweis, der geringsten Veränderung ihres Mienenspiels, dem kaum merklichen Erröten ihrer Wangen, der Feuchtigkeit ihrer Augen.

In Wirklichkeit erwidert sie seine Liebe, aber sie kann sie nicht mit Worten ausdrücken. Statt dessen lächelt sie ihn an, ohne von seiner Angst etwas zu ahnen. Während die beiden unter der Straßenlaterne stehen, bleibt die Zeit stehen und beginnt von neuem. Danach ist die Neigung ihrer Köpfe dieselbe wie vorher, der Rhythmus ihres Herzschlags zeigt keine Veränderung. Aber irgendwo in den Tiefen der Seele der Frau ist ein verschwommener Gedanke aufgetaucht, der vorher nicht da war. Die junge Frau versucht, diesen neuen Gedanken in ihrem Unbewußten zu fassen, und währenddessen mischt sich ein Hauch von Geistesabwesenheit in ihr Lächeln. Nur der schärfste Blick würde dieses kaum merkliche Zaudern erspähen, doch der getriebene junge Mann hat es bemerkt und deutet es als den Hinweis, nach dem er gesucht hat. Er sagt der jungen Frau, daß er sie nicht wiedersehen kann, kehrt zurück in seine kleine Wohnung an der Zeughausgasse und beschließt, nach Zürich zu ziehen und eine Stelle in der Bank seines Onkels anzunehmen. Die junge Frau geht von dem Laternenpfahl an der Gerberngasse langsam nach Hause und fragt sich, warum der junge Mann sie nicht liebt.

CHRIS
COSTELLO

ZWISCHENSPIEL

Einstein und Besso sitzen in einem kleinen Fischerboot, das auf dem Fluß vor Anker liegt. Besso verzehrt ein Käsebrot, während Einstein an seiner Pfeife zieht und langsam einen Köder einholt.

»Hast du hier, mitten in der Aare, schon mal was gefangen?« fragt Besso, der bislang noch nicht mit Einstein beim Angeln war.

»Noch nie«, erwidert Einstein, der die Angel neu auswirft.

»Wir sollten vielleicht näher ans Ufer fahren, zu dem Röhricht dort.«

»Könnten wir«, sagt Einstein. »Dort habe ich aber auch noch nie was gefangen. Hast du noch ein Butterbrot in deiner Tasche?«

Besso reicht Einstein ein Butterbrot und eine Flasche Bier. Ihn plagt ein wenig das Gewissen, weil er seinen Freund gebeten hat, ihn an diesem Sonntagnachmittag mitzunehmen. Einstein hatte allein angeln gehen wollen, um nachzudenken.

»Iß«, sagt Besso. »Du brauchst eine Pause, nachdem du all die Fische hereingezogen hast.«

Einstein holt den Köder ein, der auf Bessos Knien landet, und fängt an zu essen. Für eine Weile herrscht Schweigen zwischen den beiden Freunden. Ein kleines Ruderboot zieht vorbei, erzeugt Wellen, und das Fischerboot schaukelt hin und her.

Nach dem Essen nehmen Einstein und Besso die Sitze des Bootes heraus, legen sich auf den Rücken und schauen in den Himmel. Für heute hat Einstein das Angeln aufgegeben.

»Was für Formen siehst du in den Wolken, Michele?« fragt Einstein.

»Ich sehe eine Ziege, die hinter einem finster dreinschauenden Mann herrennt.«

»Du hast einen Sinn fürs Praktische, Michele.« Einstein starrt in die Wolken, denkt aber an sein Projekt. Er möchte Besso von seinen Träumen erzählen, kann sich aber nicht dazu durchringen.

»Ich glaube, daß du mit deiner Theorie der Zeit den Durchbruch schaffst«, sagt Besso. »Und wenn du es geschafft hast, werden wir angeln gehen, und du wirst sie mir erklären. Wenn du dann berühmt bist, wirst du daran zurückdenken, daß du sie mir zuerst erklärt hast, hier in diesem Boot.«

Einstein lacht, und sein Lachen läßt die Wolken hin und her schwanken.

18. JUNI 1905

Von einer Kathedrale im Zentrum Roms erstreckt sich eine Schlange von zehntausend Menschen quer durch die Stadt nach außen, wie der Zeiger einer riesigen Uhr, bis an den Stadtrand und noch weiter.

Doch die geduldigen Pilger sind nach innen gerichtet, nicht nach außen. Sie warten, bis sie an der Reihe sind, den Tempel der Zeit zu betreten. Sie warten darauf, sich vor der Großen Uhr verneigen zu können. Sie sind von weit her gereist, sogar aus anderen Ländern, um dieses Heiligtum zu besuchen. Jetzt stehen sie geduldig in der Schlange, die sich langsam durch makellose Straßen schiebt. Manche lesen in ihren Gebetbüchern. Manche tragen Kinder. Manche essen Feigen oder trinken Wasser. Und während sie warten, scheinen sie das Verstreichen der Zeit vergessen zu haben. Sie schauen nicht auf ihre Armbanduhren, denn sie haben keine. Sie lauschen nicht auf die Glocken einer Turmuhr, denn es gibt keine Turmuhren.

Armbanduhren und Turmuhren sind verboten, mit Ausnahme der Großen Uhr im Tempel der Zeit.

Drinnen im Tempel stehen zwölf Pilger im Kreis um die Große Uhr, ein Pilger für jede Stundenmarkierung auf dem gewaltigen Gebilde aus Metall und Glas. Innerhalb ihres Kreises schwingt, zwölf Meter hoch aufgehängt, ein schweres bronzenes Pendel, schimmert im

Kerzenlicht. Die Pilger psalmodieren bei jeder Periode des Pendels, psalmodieren bei jedem gemessenen Bruchteil der Zeit. Die Pilger psalmodieren bei jeder Minute, die von ihrer Lebenszeit abgeht. Das ist ihr Opfer.

Nach einer Stunde an der Großen Uhr treten die Pilger ab, und die nächsten zwölf ziehen durch das hohe Portal ein. Diese Prozession währt schon Jahrhunderte.

Vor langer Zeit, bevor es die Große Uhr gab, wurde die Zeit anhand von Veränderungen der Himmelskörper gemessen: an der langsamen Wanderung der Sterne über den Nachthimmel, am Bogen der Sonne und den Schwankungen des Lichts, am Zu- und Abnehmen des Mondes, an den Gezeiten des Meeres und den Jahreszeiten. Die Zeit wurde auch am Herzschlag gemessen, an den Rhythmen der Schläfrigkeit und des Schlafs, an der Wiederkehr des Hungers, am Menstruationszyklus von Frauen, an der Dauer der Einsamkeit. Schließlich dann wurde in einer kleinen Stadt in Italien die erste mechanische Uhr gebaut. Die Menschen waren fasziniert. Später waren sie entsetzt. Hier war eine menschliche Erfindung, die das Verstreichen der Zeit quantifizierte, die Lineal und Zirkel an die Spanne des Begehrens legte und die Momente eines Menschenlebens exakt ausmaß. Es war zauberhaft, es war unerträglich, es war wider die Natur. Doch man konnte sich nicht über die Uhr hinwegsetzen. Man würde ihr huldigen müssen. Der Erfinder wurde bewogen, die Große Uhr zu bauen. Anschließend wurde er getötet, und alle anderen Uhren wurden zerstört. Damals begannen die Pilgerfahrten.

In mancher Hinsicht geht das Leben genauso weiter wie vor der Großen Uhr. Durch die Straßen und Gassen der Städte perlt das Lachen von Kindern. Familien versammeln sich in fröhlicher Runde, um Rauchfleisch zu essen und Bier zu trinken. Jungen und Mädchen werfen einander über das Geviert einer Arkade hinweg scheue Blicke zu. Maler verzieren Häuser und Gebäude mit ihren Gemälden. Philosophen sinnen. Doch jedem Atemzug, jedem

Übereinanderschlagen der Beine, jedem romantischen Begehren ist ein Hauch Verdruß beigemengt, der sich ins Herz bohrt. Denn alle Menschen wissen: In einer bestimmten Kathedrale im Zentrum Roms schwingt ein schweres bronzenes Pendel, das aufs geschickteste mit Sperrklinken und Zahnrädern verbunden ist, schwingt ein schweres bronzenes Pendel, das ihr Leben ausmißt. Und jeder weiß, daß er sich irgendwann den müßigen Intervallen seines Lebens stellen muß, daß er der Großen Uhr huldigen muß.

Jeder Mann und jede Frau müssen zum Tempel der Zeit reisen.

So erstreckt sich an jedem Tag, zu jeder Stunde eines jedes Tages eine Schlange von Zehntausenden vom Zentrum Roms quer durch die Stadt bis über den Stadtrand hinaus, eine Schlange von Pilgern, die darauf warten, sich vor der Großen Uhr zu verneigen. Sie stehen ruhig da, lesen Gebetbücher, tragen ihre Kinder. Sie stehen ruhig da, aber insgeheim kochen sie vor Zorn. Denn sie müssen zusehen, wie gemessen wird, was nicht gemessen werden sollte. Sie müssen dem exakten Vergehen von Minuten und Dekaden zusehen. Sie sind ihrer eigenen Findigkeit und Kühnheit auf den Leim gegangen. Und sie müssen sie mit ihrem Leben bezahlen.

20. JUNI 1905

In dieser Welt ist die Zeit ein lokales Phänomen. Zwei eng benachbarte Uhren ticken ungefähr mit gleicher Geschwindigkeit. Voneinander entfernte Uhren jedoch ticken mit unterschiedlicher Geschwindigkeit. Je weiter sie voneinander entfernt sind, desto mehr geraten sie außer Tritt. Und was für die Uhren gilt, gilt auch für das Tempo des Herzschlags, den

Rhythmus der Atmung, die Bewegung des Windes in hohem Gras. In dieser Welt fließt die Zeit an unterschiedlichen Orten mit unterschiedlicher Geschwindigkeit.

Da der Handelsverkehr eine einheitliche Zeit erfordert, gibt es keinen Handel zwischen den Städten. Die Abstände zwischen ihnen sind zu groß. Denn wie können, wenn man in Bern zehn Minuten braucht, um tausend Schweizer Franken in Banknoten zu zählen, in Zürich aber eine Stunde, die beiden Städte miteinander Geschäfte tätigen? Folglich ist jede Stadt für sich. Jede Stadt ist eine Insel. Jede Stadt muß ihre eigenen Pflaumen und Kirschen anbauen, jede Stadt muß ihre eigenen Rinder und Schweine züchten, ihre eigenen Fabriken errichten. Jede Stadt muß allein zurechtkommen.

Gelegentlich wagt sich ein Reisender von einer Stadt in eine andere. Ist er verwirrt? Was in Bern Sekunden dauerte, kann in Fribourg Stunden in Anspruch nehmen, in Luzern Tage. In der Zeit, in der an einem Ort ein Blatt herabfällt, kann an einem anderen eine Blume erblühen. Während der Zeit, die ein Donnerschlag an einem Ort beansprucht, können sich an einem anderen zwei Menschen ineinander verlieben. Während der Zeit, in der ein Junge zu einem Mann heranwächst, kann ein Regentropfen an einer Fensterscheibe herunterrinnen. Doch der Reisende bemerkt davon nichts. Während er sich aus einer Zeitzone in die andere begibt, paßt sich sein Körper an das lokale Tempo der Zeit an. Wenn alles – jeder Herzschlag, jede Schwingung eines Pendels, jedes Entfalten der Flügel eines Kormorans – aufeinander abgestimmt ist, woran soll man dann erkennen, daß er in eine andere Zeitzone geraten ist? Wenn die zeitlichen Zusammenhänge zwischen der Entstehung menschlicher Wünsche und der Ausbreitung von Wellen auf einem Teich dieselben bleiben, woran soll der Reisende dann erkennen, daß sich etwas geändert hat?

Erst wenn er mit seiner Heimatstadt Verbindung aufnimmt, erkennt der Reisende, daß er eine andere Zeitzone betreten hat. Er erfährt dann, daß, seit er fort ist, sein Bekleidungsgeschäft einen ungeahnten Aufschwung erlebt und seine Angebotspalette erweitert hat, daß seine Tochter ihr Leben gelebt hat und alt geworden ist oder daß die Frau seines Nachbarn soeben das Lied beendet hat, das sie sang, als er aus dem Hauseingang trat. Dann begreift der Reisende, daß er sowohl zeitlich als auch räumlich abgeschnitten wurde. Kein Reisender kehrt in seine Herkunftsstadt zurück.

Manchen gefällt die Isolation sehr gut. Ihre Stadt ist für sie die großartigste überhaupt, und daher sind sie am Verkehr mit anderen Städten nicht interessiert. Welche Seide könnte weicher sein als die Seide aus den eigenen Fabriken? Welche Kühe könnten leistungsfähiger sein als die Kühe auf den eigenen Weiden? Welche Uhren eleganter als die in den eigenen Geschäften? Solche Menschen stehen morgens, wenn die Sonne über den Bergen aufgeht, auf ihren Balkonen, ohne je über den Rand ihrer Stadt hinauszusehen.

Andere brauchen Kontakt. Endlos bestürmen sie den seltenen Fremden, der in ihre Stadt kommt, mit Fragen, fragen ihn nach den Orten, an denen er gewesen ist, nach der Farbe der Sonnenuntergänge dort, nach der Größe von Menschen und Tieren, nach den Sprachen, die anderswo gesprochen werden, nach dem Werbungsverhalten, nach Erfindungen. Schließlich macht sich einer der Neugierigen auf, selbst nachzuschauen, verläßt seine Stadt, um andere Städte zu erkunden, wird selbst zu einem Fremden. Er kehrt nie zurück.

Diese Welt der lokalen Zeit, diese Welt der Isolation führt zu einer großen Mannigfaltigkeit der Lebensformen. Denn ohne die Vermengung der Städte kann das Leben sich auf tausend unterschiedliche Arten entfalten. In einer Stadt mögen die Menschen dicht beieinander, in einer anderen weit auseinander wohnen. In einer Stadt mögen sich die Menschen anspruchslos kleiden, in einer anderen überhaupt keine Kleider tragen. In einer Stadt mögen sie den Tod von Feinden betrauern, in einer anderen weder Feinde noch Freunde haben. In einer Stadt mögen die Menschen zu Fuß gehen, in einer anderen mit phantasievollen Fahrzeugen fahren. Diese und andere Unterschiede bestehen zwischen Regionen, die nur durch hundert Kilometer voneinander getrennt sind. Direkt hinter einem Berg, direkt hinter einem Fluß liegt ein anderes Leben. Doch diese Lebensweisen kommunizieren nicht miteinander, nehmen nicht teil aneinander. Sie geben einander nichts. Die durch Isolation hervorgerufene Vielfalt wird durch ebendiese auch wieder erstickt.

22. JUNI 1905

Am Agassiz-Gymnasium ist heute Abiturfeier. Hundertneunundzwanzig Jungen mit weißen Hemden und braunen Krawatten stehen auf den Marmorstufen und zappeln in der Sonne herum, während der Direktor ihre Namen verliest. Auf der Rasenfläche hören Eltern und Verwandte halbherzig zu, starren zu Boden, dösen auf ihren Sitzen. Der Schüler, der die

Abschiedsrede hält, leiert sie müde herunter. Er lächelt schwach, als ihm seine Medaille überreicht wird, und wirft sie nach der Feier in ein Gebüsch. Keiner der Anwesenden gratuliert ihm. Die Jungen, ihre Mütter, Väter und Schwestern begeben sich lustlos zu Häusern in der Amthausgasse und der Aarstraße oder zu den Wartebänken am Bahnhofplatz, sitzen nach dem Mittagessen herum, spielen Karten, um sich die Zeit zu vertreiben, machen ein Nickerchen. Die guten Sachen werden zusammengefaltet und weggelegt für eine andere Gelegenheit.

Gegen Ende des Sommers gehen einige Jungen auf die Universität in Bern oder in Zürich, einige arbeiten in der Firma ihres Vaters, andere fahren nach Deutschland oder Frankreich, um sich dort eine Stelle zu suchen. Alle Wechsel vollziehen sich teilnahmslos, mechanisch, wie das Hinundherschwingen eines Pendels, wie ein Schachspiel, in dem jeder Zug erzwungen ist. Denn in dieser Welt ist die Zukunft festgelegt.

Dies ist eine Welt, in der die Zeit nicht flüssig, nicht nachgebend ist, damit sich etwas ereignen kann. Die Zeit ist vielmehr eine starre, knochige Struktur, die sich endlos vor und hinter einem dehnt und dabei die Zukunft ebenso wie die Vergangenheit versteinern läßt. Jede Tat, jeder Gedanke, jeder Windhauch, jeder Vogelflug ist vollständig determiniert, für alle Zeit.

Im Stadttheater bewegt sich eine Ballerina über die Bühne und erhebt sich in die Luft. Einen Moment lang schwebt sie, dann landet sie wieder auf dem Boden. *Saut, batterie, saut.* Beine überkreuzen sich flatternd, Arme breiten sich zu einem offenen Bogen. Jetzt setzt sie zu einer Pirouette an. Sie stellt das rechte Bein nach hinten in die vierte Position, stößt sich ab, die Arme helfen mit, die Drehung zu beschleunigen.

Sie ist der Inbegriff von Präzision. Sie ist ein Uhrwerk. Während sie tanzt, denkt sie, sie hätte sich bei ihrem Sprung ein wenig Freiheit nehmen sollen, aber sie kann sich keine Freiheit nehmen, weil ihre Bewegungen nicht die ihren sind. Jede Wechselwirkung ihres Körpers mit dem Boden und dem Raum ist bis auf einen Milliardstelmillimeter vorbestimmt. Da ist kein Spielraum. Spielraum würde auf eine Unsicherheit hindeuten, Unsicherheit gibt es nicht. Und so bewegt sie sich mit der Unausweichlichkeit eines Uhrwerks über die Bühne, macht keinen unerwarteten Sprung, kein unverhofftes Wagestück, setzt exakt auf dem Kreidestrich auf, träumt nicht von ungeplanten *cabrioles*.

In einer Welt, in der die Zukunft feststeht, ist das Leben eine endlose Flucht von Räumen, von denen jeweils einer beleuchtet wird, während der nächste noch dunkel, aber vorbereitet ist. Wir gehen von Raum zu Raum, schauen in den Raum, der gerade beleuchtet ist, den gegenwärtigen Augenblick, gehen dann weiter. Wir kennen die Räume nicht, die vor uns liegen, wissen aber, daß wir nichts an ihnen ändern können. Wir sind Zuschauer unseres Lebens.

Der Chemiker, der in der pharmazeutischen Fabrik an der Kochergasse arbeitet, geht während der Mittagspause durch die Stadt. Er bleibt bei dem Uhrengeschäft in der Marktgasse stehen, kauft sich in der Bäckerei nebenan ein belegtes Brötchen, setzt seinen Weg fort in Richtung der Wälder und des Flusses. Er hat bei seinem Freund Schulden, aber statt sie zurückzuzahlen, kauft er lieber Geschenke. Unterwegs – er bewundert seinen neuen Mantel – überlegt er, daß er seinem Freund das Geld nächstes Jahr zurückgeben kann, vielleicht auch gar nicht. Wer könnte ihm daraus einen Vorwurf machen? In einer Welt, in der die Zukunft feststeht, gibt es weder Gut noch Böse. Gut und Böse, das setzt Entscheidungsfreiheit voraus, doch wenn jede Tat schon im voraus entschieden ist, kann von Entscheidungsfreiheit keine Rede sein. In einer Welt, in der die Zukunft feststeht, ist niemand verantwortlich. Die Räume sind von vornherein eingerichtet. Der Chemiker denkt all diese Gedanken, während er den Weg an der Brunngasshalde entlangschreitet und die feuchte Luft des Waldes einatmet. Er erlaubt sich beinahe ein Lächeln, so zufrieden ist er mit seiner Entscheidung. Er atmet die feuchte Luft ein und fühlt sich merkwürdig frei zu tun, was ihm gefällt, frei in einer Welt ohne Freiheit.

25. JUNI 1905

Sonntag nachmittag. Menschen spazieren die Aarstraße entlang, in Sonntagskleidung und satt vom Sonntagsessen, unterhalten sich gedämpft, vom Murmeln des Flusses begleitet. Die Geschäfte sind geschlossen. Drei Frauen gehen die Marktgasse entlang, bleiben stehen, um Plakate zu studieren, bleiben stehen, um die Auslagen zu betrachten, gehen langsam weiter. Ein Gastwirt schrubbt seine Treppe, setzt sich hin und liest eine Zeitung, lehnt sich an die Sandsteinmauer und schließt die Augen. Die Straßen schlafen. Die Straßen schlafen, und durch die Lüfte schweben die Töne einer Geige.

In der Mitte eines Zimmers, in dem auf Tischen Bücher liegen, steht ein junger Mann und spielt Geige. Er liebt seine Geige. Er spielt eine zarte Melodie. Und während er spielt, schaut er hinunter auf die Straße, bemerkt ein eng umschlungenes Paar, betrachtet es mit tiefbraunen Augen und schaut weg. Er steht so still. Seine Musik ist die einzige Bewegung, seine Musik erfüllt das Zimmer. Er steht so still und denkt an seine Frau und seinen kleinen Sohn, die das Zimmer im Stockwerk darunter bewohnen.

Und während er spielt, steht ein anderer, identischer Mann in der Mitte eines Zimmers und spielt auf seiner Geige. Dieser Mann schaut hinunter auf die Straße, bemerkt ein eng umschlungenes Paar, schaut weg und denkt an seine Frau und seinen Sohn. Und während er spielt, steht noch ein dritter Mann da und spielt auf seiner Geige. Und auch noch ein vierter und fünfter, ja, unzählige junge Männer stehen in ihren Zimmern und spielen Geige. Da sind unendlich viele Melodien und Gedanken. Und diese eine Stunde, in der die jungen Männer auf ihren Geigen spielen, ist nicht eine einzelne Stunde, sondern es sind viele Stunden. Denn die Zeit ist wie das Licht zwischen zwei Spiegeln. Sie springt hin und her, erzeugt eine unendliche Zahl von Bildern, Melodien, Gedanken. Diese Welt ist eine Welt unzähliger Kopien.

Während er nachdenkt, spürt der erste Mann die anderen. Er spürt ihre Musik und ihre Gedanken. Er spürt, daß er selbst tausendfach kopiert ist, spürt, daß dieses Zimmer mit den Büchern tausendfach kopiert ist. Er spürt, daß seine Gedanken kopiert sind. Soll er seine Frau verlassen? Wie war das in jenem Augenblick, als sie ihn in der Bibliothek des Polytechnikums über den Lesetisch hinweg anschaute?

Was ist mit ihrem dichten braunen Haar? Welchen Trost hat sie ihm denn verschafft? Welche Einsamkeit, außer dieser Stunde, in der er auf seiner Geige spielt?

Er spürt die anderen. Er spürt, daß er tausendfach kopiert ist, spürt, daß dieses Zimmer tausendfach kopiert ist, spürt, daß seine Gedanken kopiert sind. Welche Kopie ist die eigene, wahre Identität, sein zukünftiges Selbst? Soll er seine Frau verlassen? Wie war das in jenem Augenblick, in der Bibliothek des Polytechnikums? Welchen Trost hat sie ihm denn verschafft? Welche Einsamkeit, außer dieser Stunde, in der er auf seiner Geige spielt? Seine Gedanken springen tausendfach hin und her zwischen den Kopien seiner selbst und werden bei jedem Sprung schwächer. Soll er seine Frau verlassen? Welchen Trost hat sie ihm denn verschafft? Welche Einsamkeit? Bei jeder Widerspiegelung werden seine Gedanken unklarer. Welchen Trost hat sie ihm denn verschafft? Welche Einsamkeit? Seine Gedanken werden unklarer, bis er kaum noch weiß, was die Frage war und warum. Welche Einsamkeit? Er schaut hinaus auf die verlassene Straße und spielt. Seine Musik überflutet und erfüllt das Zimmer, und wenn die Stunde, die unzählige Stunden war, verstrichen ist, erinnert er sich nur noch der Musik.

27. JUNI 1905

Jeden Dienstag bringt ein Mann mittleren Alters Steine aus dem Steinbruch im Osten Berns zum Maurergeschäft in der Hodlerstraße. Er hat eine Frau, zwei Kinder, die erwachsen und aus dem Hause sind, und einen schwindsüchtigen Bruder, der in Berlin lebt. Er trägt das ganze Jahr hindurch eine graue Wolljoppe, arbeitet in dem Steinbruch bis nach Anbruch der

Dunkelheit, ißt mit seiner Frau zu Abend und geht zu Bett. Sonntags pflegt er seinen Garten. Dienstag morgens belädt er seinen Lastwagen mit Steinen und fährt in die Stadt.

Wenn er in die Stadt kommt, hält er in der Marktgasse, um Mehl und Zucker zu kaufen. Eine halbe Stunde lang sitzt er still in den hinteren Bankreihen des Münsters. Er hält am Postamt, um einen Brief nach Berlin aufzugeben. Und während er an den Menschen auf der Straße vorbeigeht, sind seine Blicke zu Boden gerichtet. Einige kennen ihn, versuchen seine Aufmerksamkeit auf sich zu lenken oder ihn zu grüßen. Er murmelt etwas und geht weiter. Auch wenn er seine Steine an der Hodlerstraße abliefert, kann er dem Maurer nicht in die Augen sehen. Er schaut zur Seite, spricht, das freundliche Geschwätz des Maurers erwidernd, zur Wand, steht in einer Ecke, während seine Steine gewogen werden.

Vor vierzig Jahren in der Schule, an einem Märznachmittag, hat er während des Unterrichts uriniert. Er konnte es nicht zurückhalten. Er hat danach auf seinem Stuhl sitzen bleiben wollen, aber die anderen Jungen haben die Pfütze bemerkt und ihn durch die Klasse gehetzt, immer in der Runde. Johlend haben sie auf den feuchten Fleck auf seiner Hose gedeutet. Die Sonnenstrahlen wirkten an jenem Tag wie Fluten von Milch, die weiß durch die Fenster hereinströmten und sich auf die Dielenbretter des Klassenzimmers ergossen. Zwei Dutzend Jacken hingen an den Haken neben der Tür. Kreidestriche zogen sich über die Tafel, die Namen der europäischen Hauptstädte. Die Schreibpulte hatten hochklappbare Platten und eine Schublade. Auf seinem Pult war oben rechts »Johann« eingeritzt. Die Luft war feucht und stickig von den Dampfrohren. Eine Uhr mit großen roten Zeigern zeigte Viertel nach zwei.

Und die Jungen haben ihn verhöhnt und verhöhnt, während sie ihn durch die Klasse hetzten, mit dem feuchten Fleck auf seiner Hose. Sie haben gejohlt und »Hosenpisser! Hosenpisser! Hosenpisser!« gerufen.

Diese Erinnerung ist zu seinem Leben geworden. Wenn er morgens erwacht, ist er der Junge, der in die Hose gemacht hat. Wenn er Menschen auf der Straße begegnet, weiß er, daß sie den feuchten Fleck auf seiner Hose sehen. Er wirft einen kurzen Blick darauf und schaut weg. Wenn seine Kinder zu Besuch kommen, bleibt er in seiner Stube und spricht nur durch die Tür mit ihnen. Er ist der Junge, der es nicht zurückhalten konnte.

Aber was ist die Vergangenheit? Könnte es sein, daß die Unverrückbarkeit der Vergangenheit nur eine Täuschung ist? Könnte es sein, daß die Vergangenheit ein Kaleidoskop ist, ein Bildermuster, das sich bei jeder Störung durch einen plötzlichen Windhauch, durch ein Lachen, einen Gedanken verändert? Und wenn sich alles ändert, wie können wir das wissen?

In einer Welt mit einer veränderlichen Vergangenheit wacht der Steinbruchbesitzer eines Morgens auf und ist nicht mehr der Junge, der es nicht zurückhalten konnte. Jener längst vergangene Märznachmittag war einfach irgendein Nachmittag. An jenem vergessenen Nachmittag hat er in der Klasse gesessen, hat er, als der Lehrer ihn aufrief, seinen Spruch aufgesagt und ist nach der Schule mit den anderen Jungen Schlittschuhlaufen gegangen. Heute besitzt er einen Steinbruch. Er hat neun Anzüge. Er kauft seiner Frau feines Porzellan und macht Sonntag nachmittags lange Spaziergänge mit ihr. Er besucht Freunde in der Amthausgasse und in der Aarstraße, schüttelt ihnen lächelnd die Hand. Er gibt Geld für Konzerte im Casino.

Eines Morgens wacht er auf und ...

Wenn die Sonne über der Stadt aufgeht, gähnen Zehntausende, essen ihre Semmeln und trinken Kaffee. Zehntausende füllen die Arkaden der Kramgasse, gehen zur Arbeit in der Speichergasse oder führen ihre Kinder in den Park. Jeder hat seine Erinnerungen: ein Vater, der sein Kind nicht lieben konnte, ein Bruder, der immer gewonnen hat, ein Liebhaber, der herrlich zu küssen vermochte. Die Mogelei bei der Klassenarbeit, die Stille, die von frisch gefallenem Schnee ausgeht, die Veröffentlichung eines Gedichts. In einer Welt mit einer veränderlichen Vergangenheit sind diese Erinnerungen Spreu im Wind, flüchtige Träume, Formen in den Wolken. Was einmal geschehen ist, verliert seine Realität, ändert sich – ein Blick, ein Sturm, eine Nacht genügen. Irgendwann hat es die Vergangenheit nie gegeben. Aber wer kann das wissen? Wer kann wissen, daß die Vergangenheit nicht so festgefügt ist wie dieser Augenblick, in dem die Sonne über die Berner Alpen flutet, die Ladenbesitzer singend ihre Markisen herunterkurbeln und der Steinbruchbesitzer beginnt, seinen Lastwagen zu beladen.

28. JUNI 1905

»Iß doch nicht soviel«, sagt die Großmutter und klopft ihrem Sohn auf die Schulter. »Du wirst noch vor mir sterben, und wer soll sich dann um mein Silber kümmern?« Die Familie macht Picknick am Ufer der Aare, zehn Kilometer südlich von Bern. Die Mädchen haben ihren Imbiß beendet und spielen um eine Fichte herum Nachlaufen. Schließlich sinken sie benommen ins dichte Gras, bleiben einen Moment still liegen und wälzen sich dann auf dem Boden, bis ihnen wieder schwindelig wird. Der Sohn, seine sehr dicke Frau und die Großmutter sitzen auf einer Decke, essen geräucherten Schinken, Käse, gesäuertes Brot mit Senf, Weintrauben und Schokoladentorte. Und während sie essen und trinken, weht vom Fluß eine sanfte Brise herüber, und sie atmen die süße Sommerluft ein. Der Sohn zieht seine Schuhe aus und wackelt mit den Zehen im Gras.

Da schießt eine Schar Vögel vorüber. Der junge Mann springt von der Decke auf und rennt ihnen nach, ohne sich erst die Schuhe anzuziehen. Er verschwindet hinter dem Hügel. Rasch folgen ihm andere, die die Vögel aus der Stadt erspäht haben.

Ein Vogel hat sich auf einem Baum niedergelassen. Eine Frau klettert den Stamm hinauf, streckt den Arm aus, um den Vogel zu fangen, doch der Vogel hüpft auf einen höheren Ast. Sie klettert ihm nach, setzt sich vorsichtig rittlings auf einen Ast und rutscht auf ihm voran.

Der Vogel hüpft zurück auf den tieferen Ast. Die Frau hängt hilflos oben im Baum. Ein anderer Vogel hat sich auf dem Boden niedergelassen und pickt Körner. Zwei Männer pirschen sich mit einer riesigen Glasglocke von hinten an ihn heran. Doch der Vogel ist schneller als sie, schwingt sich in die Luft und gesellt sich wieder zu seiner Schar.

Jetzt fliegen die Vögel durch die Stadt. Der Pastor vom Münster steht im Glockenturm und versucht, die Vögel in das gewölbte Fenster zu locken. In den Gärten auf der Kleinen Schanze sieht eine alte Frau, wie die Vögel sich für eine Weile zum Schlafen in ein Gebüsch niederhocken. Langsam geht sie mit einer Glasglocke auf sie zu, begreift, daß sie keine Chance hat, einen der Vögel einzufangen, läßt die Glasglocke zu Boden fallen und beginnt zu weinen.

Und sie steht nicht allein mit ihrem Mißerfolg. Jeder Mann und jede Frau wünscht sich einen Vogel. Denn diese Schar von Nachtigallen, das ist die Zeit. Die Zeit flattert, zappelt und hüpft mit den Vögeln. Wenn man eine der Nachtigallen unter einer Glasglocke einfängt, wird die Zeit stehenbleiben. Für alle Menschen, die Bäume und den Boden in weitem Umkreis wird der Augenblick eingefroren.

Tatsächlich gelingt es selten, einen der Vögel zu fangen. Die Kinder, die als einzige schnell genug dafür wären, haben kein Verlangen, die Zeit anzuhalten. Für die Kinder bewegt sich die Zeit jetzt schon zu langsam. Sie eilen von Moment zu Moment, sind begierig auf Geburtstage und Neujahrstage, können ihr weiteres Leben kaum erwarten. Die Älteren wünschen sich sehnlich, die Zeit anzuhalten, sind aber zu langsam und zu erschöpft, einen der Vögel zu fangen. Für die Älteren rast die Zeit viel zu schnell vorbei. Sie sehnen sich danach, eine Minute festzuhalten, während sie am Frühstückstisch sitzen und Tee trinken, den Moment, in dem das Enkelkind sich beim Ausziehen des Badeanzugs verheddert hat, den Nachmittag, an dem die Wintersonne vom Schnee zurückgeworfen wird und das Musikzimmer in gleißendes Licht taucht. Aber sie sind zu langsam. Sie müssen zusehen, wie die Zeit herumhüpft und entfliegt.

Wenn tatsächlich eine Nachtigall gefangen wird, schwelgen die Fänger in dem nun eingefrorenen Moment. Sie kosten die genaue Plazierung ihrer Angehörigen und Freunde aus, ihren Gesichtsausdruck, das eingefangene Glücksempfinden über einen gewonnenen Preis, eine Geburt oder ein Liebeserlebnis, den festgehaltenen Duft von Zimt oder weißen gefüllten Veilchen. Die Fänger schwelgen in dem derart eingefrorenen Moment, stellen jedoch bald fest, daß die Nachtigall ihr Leben aushaucht, daß ihr klarer, flötender Gesang verstummt, daß der eingefangene Moment dahinwelkt und erstarrt.

EPILOG

In der Ferne schlägt eine Turmuhr achtmal. Der junge Patentbeamte hebt den Kopf von der Schreibtischplatte, steht auf und reckt sich, geht ans Fenster.

Draußen ist die Stadt erwacht. Eine Frau und ihr Mann streiten sich, während sie ihm seine Jause aushändigt. Jungen, die auf dem Weg zum Gymnasium in der Zeughausgasse sind, werfen sich gegenseitig einen Fußball zu und sprechen voll freudiger Erregung über die Sommerferien. Zwei Frauen begeben sich mit leeren Einkaufstaschen eilig zur Marktgasse.

Bald kommt ein höherer Patentbeamter zur Tür herein, geht zu seinem Schreibtisch und macht sich an die Arbeit, ohne ein Wort zu sagen. Einstein dreht sich um und schaut auf die Uhr in der Ecke. Drei Minuten nach acht. Er klimpert nervös mit den Münzen in seiner Tasche.

Um vier Minuten nach acht kommt die Maschinenschreiberin herein. Sie sieht Einstein am anderen Ende des Raumes mit seinem handgeschriebenen Manuskript stehen und lächelt. Sie hat in ihrer Freizeit schon einige seiner Aufsätze für ihn getippt, und stets hat er bereitwillig gezahlt, was sie verlangt hat. Er ist ein ruhiger Mensch, auch wenn er gelegentlich Witze erzählt. Sie mag ihn.

Einstein gibt ihr sein Manuskript, seine Theorie der Zeit. Es ist sechs Minuten nach acht. Er kehrt zu seinem Schreibtisch zurück, wirft einen kurzen Blick auf den Aktenstapel, geht hinüber zu einem Bücherregal und zieht eine der Kladden hervor. Er dreht sich um und tritt nochmals ans Fenster. Für Ende Juni ist die Luft ungewöhnlich klar. Über einem Mietshaus kann er die Alpengipfel erkennen. Sie sind blau mit weißen Spitzen. Weiter oben zieht ein Vogel, der nur als winziger schwarzer Fleck auszumachen ist, langsam seine Kreise am Himmel.

Einstein geht wieder zu seinem Schreibtisch, setzt sich für einen Moment und kehrt dann ans Fenster zurück. Er fühlt sich leer. Er hat keine Lust, Patente zu prüfen, mit Besso zu reden oder an Physik zu denken. Er fühlt sich leer, und er starrt interesselos auf den winzigen schwarzen Fleck und die Alpen.